新潮文庫

なめらかで熱くて甘苦しくて

川上弘美著

新潮社版

10295

contents

なめらかで熱くて甘苦しくて

aqua

あたし、前世の記憶があるの。田中汀《みぎわ》は言ったのだった。

そうなの。田中水面《みなも》は慎重なくちぶりで答えたが、むろん内心では汀のその言葉を大いに怪しんでいた。

同じ田中という名字だが、汀と水面に姻戚《いんせき》関係はない。東京の西の郊外の町に、二人は住んでいる。汀は畑のきわにあるスレート葺《ぶ》きの小さな家に、水面は製紙会社の社宅の四階に。

水面は、三年生の五月にこの町の小学校に転校してきた。田中ミナモです。埼玉から引っ越してきました。五月生まれです。よろしくお願いします。前の日に練習した挨拶《あいさつ》を小さな声で言い、ぺこりと頭を下げると、前の列にいるおかっぱの女の子が拍手をした。担任の寒川先生も、女の子に調子をあわせるようにして、軽く手を叩《たた》いた。

水面はそのまま突っ立っていた。田中さんは、うしろから二番目の席に座って下さいね。みんな新しいお友達に親切にしてあげるんですよ。担任の寒川先生は、水面にともクラスの生徒たちにともつかぬ、半端《はんぱ》な顔の振り向け方をしながら言った。教室はしんとしていた。おかっぱの女の子も、黙っていた。

水面はランドセルをしょったまま席まで歩き、ランドセルを肩からすべり落とすようにして机の上に置いた。机の列と列の間は狭く、机の横の金具にさげてある体操袋に、何回も膝《ひざ》がひっかかった。教室のうしろには棚があり、黒と赤のランドセルがぎっしりと並んでいた。顔をあげ、寒川先生に目で訊《たず》ねようとしたけれど、寒川先生は窓の外を見ていた。しかたなく、水面は筆箱と下敷きと国語の教科書、それに前の学校で使っていたノートを取り出して、ランドセルを机の横の床に置いた。

そのまま授業が始まった。五分ほどすると、教室の中がざわざわしはじめた。寒川先生が注意するとすぐに静まったが、じきにまたお喋《しゃべ》りが始まった。いちばんうしろの席でふざけている男の子二人を、寒川先生はちらりと見たが、注意はしなかった。教科書を読んで。寒川先生は水面の前に座っている女の子に言った。女の子は最初は立って朗読していたけれど、途中でぐずぐずと椅子《いす》に座りこんだ。せんせい、きもち悪いです。そう女の子が言うと、寒川先生は「保健係さん、村江さんを保健室に連れていってちょうだい」と、そっけなく言った。背の低い女の子が立ち上がり、座りこんだ女の子の腕をとって教室の外に出ていった。

一時間めが終わると、何人かの女の子が水面の机のところにやってきた。これあげる、と言って、一人の女の子が消しゴムをくれた。水色の、おいしそうな匂《にお》いのする、使いかけの消しゴムだった。寒川先生って、来月結婚するんだって。違う女の子が言った。そうなんだ。水面はよくわからぬままに、相槌《あいづち》をうった。

くるりと顔だけ動かして、最初に拍手をしたおかっぱの女の子をさがしたけれど、教室の中にはいないようだった。チャイムが鳴って、二時間めが始まった。算数の時間は、静かだった。午後の体育は、沢先生という、白いズボンに白いポロシャツを身につけた男の先生が教えた。沢先生は首から下げたホイッスルを、しょっちゅう強く吹いた。水面はそのたびに、びくりとした。

二人ひと組になってボールパスをしなさい。ホイッスルをひときわ強く吹いてから、沢先生が命じた。水面が佇《たたず》んでいると、おかっぱの女の子が前にきた。組もう。女の子は言い、ボールをゆるく放った。水面は両手で受けた。同じくらいのゆるさで放り返した。次にはもっと強く、女の子はパスをしてきた。水面はかろうじて受けた。前と同じゆるさで水面が放ると、女の子はさらに強く返してきた。

水面は受け損ねてボールを後逸した。走ってボールをおいかけ、元の位置に戻った。水面は笑ってみせた。女の子は笑わなかった。ひるんで、水面は持ち上げた口の両端をすっとたいらにした。

終礼が終わると、また女の子が何人か寄ってきた。うち、どこ。休み時間に消しゴムをくれた女の子が聞いた。団地。水面が言うと、女の子は、都営？　と、重ねて訊ねた。ちがう、会社の。水面は答えた。女の子たちは、ちょっとの間を置いてから、ふうん、とか、はあ、とか、てんでに小さく言った。

校門を出たところで、一人になった。女の子たちは水面と反対の方へかたまって行ってしまった。しばらく歩いていると、おかっぱの女の子が並んできた。あたしも田中っていうのよ。女の子は言った。田中ミギワ。タナカ、ミ、まで、一緒ね。水面は田中汀の言葉にほほえんだ。体育の時間に、汀に笑いかけたけれど返してくれなかったのが心に残っていたので、用心しながら。汀は笑い返した。安心して、水面はランドセルを軽くゆすりあげた。

「あたし、前世の記憶があるの」

汀が言ったのは、その時だった。遠くでトラックの警笛の音がした。ここは埼玉よりも木がたくさんあるけれど、なんだかほこりっぽい。水面は思っていた。


水面と汀は、それから毎日一緒に帰るようになった。教室ではほとんど言葉は交わさない。汀は休み時間になると、ふうっと姿を消してしまうのだった。給食の時間も、汀は水面よりもずっと早く食べおわり、教室から出ていってしまう。

「休み時間、いつもどこにいるの」

水面は帰る道みち、汀に聞いてみた。

「校庭とかいろいろ」

汀は答えたけれど、校庭にはたいがい汀はいないということを、水面は知っていた。ドッジボールコートにも、砂場にも、うんていやすべり台のあたりにも、百葉箱のある裏手にも、汀の姿は見当たらなかった。水面は何回か探してみたのだ。

「そうなんだ」と、水面はしかし、答えておいた。汀は水面のほかにはクラスに仲のいい女の子がいない。汀は毎日同じ服を着ている。うわばきのかかとが、大きく破れている。

「あっ」

指摘するつもりはなかったけれど、最初にかかとの破れを見たときに水面が思わずそう声をだすと、汀は、

「来月になったら買ってもらう」

とつぶやいた。次の月になっても、汀のうわばきは新しくならなかった。汀の家があまり豊かではないということが、水面にはうすうすわかってきた。水面の家にはステレオはないけれど、サイドボードがある。茶色いお酒の入った瓶が三本、大事そうにガラスの中に並べられている。うちは貧乏じゃない。水面は汀に申し訳ないような気分になった。

貧しい家の子はクラスに数人いた。寒川先生は給食費をもってくるよう、その子たちに注意した。隠れてこっそり言うのだけれど、寒川先生のやり方が下手なので、みんなにわかってしまう。汀は給食費は毎月きちんと持ってきた。貧しさにもいろ

いろあったが、貧しいこと自体は、さして珍しいことではなかった。

　理科の授業のために飼いはじめた蚕のための桑の葉を、水面はなかなか捜しだすことができなかった。会社の団地には桑の木ははえていなかったし、引っ越してきて間もないので土地勘もなかった。汀はいつも水面に桑の葉をわけてくれた。家の横にはえてるから。そう言って、毎日水面に二枚ずつ葉を渡すのだった。

　蚕は何回か脱皮をして、そのたびに大きくなった。さわると弱るから、蚕には手をふれないように。寒川先生は注意した。一人が一匹ずつ、蚕を家に持ち帰って飼っているのだった。何人かの子がすでに蚕を死なせてしまっていた。寒川先生はかわりの蚕をすぐにその子たちにやった。

　ほとんどの蚕が、同じ日に繭《まゆ》をつくった。汀と水面とあと一人の蚕だけが、翌々日に繭をつくりはじめた。次の理科の時間に繭を持ってくるように。寒川先生は言った。繭の張られた小さな箱を、水面はランドセルの中の、教科書とノートの上に置いた。

「繭を煮て中の蚕を殺して糸を取ります」寒川先生は授業が始まると、すぐに説明しはじめた。生徒たちは大きな声を出した。それは生糸を取るときのことで、ここには糸を取る機械がないので、煮ません。つづけて寒川先生が言った。生徒たちは、もうー、だの、よかったー、だの、なんだー、だのと、口々に叫んだ。

それでは蚕のことはこれでおしまいです。寒川先生は言い、次の単元の頁《ページ》を開くよう指示した。この繭、どうするんですか。女の子が手を挙げて聞いた。もう少しすると蚕蛾《かいこが》になります。寒川先生は答えた。水面はぞっとした。蝶《ちょう》と蛾は大嫌いだった。帰り道、汀に、

「蚕、どうする」

と、聞いてみた。

「煮る」

汀は答えた。水面はしゃがんでランドセルを肩からおろし、ふたをめくって繭の入った箱をランドセルから取り出した。それじゃ、わたしの繭もあげる。水面は言って、汀に箱を渡した。汀は受け取り、スカートのポケットに箱を入れた。

夜寝入る前に、水面は一瞬、蚕の白くふっくらした姿を思い出した。どうせなら、さわってみればよかったと思った。翌朝、繭を煮たらどうなったのか学校に行った

ら汀に聞いてみようと思ったけれど、学校に着いたころには、もう忘れていた。

寒川先生は三学期に入って学校に来なくなった。雨宮先生という男の先生が新しくやってきた。

「寒川先生に赤ちゃんが生まれました」

二月になると、雨宮先生が知らせた。寒川先生じゃなくて、今は泉先生です。村江道子が手をあげて言った。村江道子はクラスで一番背が高い。道子ちゃん、もうメンスが始まってるんだって。寺村洋子が前に教えてくれた。メンスという言葉を水面は知らなかったので、あいまいに頷《うなず》いておいた。

寒川先生と赤ちゃんがうつっている写真を、翌月雨宮先生がうしろの掲示板に画鋲《がびょう》でとめた。写真は厚紙にはりつけられ、ビニールのおおいがかけられていた。寒川先生は髪が短くなっていた。ビニールがへんなふうに光を反射して、赤ちゃんの顔も寒川先生の顔も、ぼんやりとしか見えなかった。

四年生になると、水面と汀は違うクラスになった。水面は寺村洋子と「仲良し」になった。罫《けい》のないノートに、水面と寺村洋子はバレエ漫画を一緒に描くことにした。ノートの表紙をめくった最初の頁に、まず寺村洋子が題名を書いた。

「しんじゅのちかい」

と、寺村洋子は書いた。しんじゅって漢字で書ける、と寺村洋子は水面に聞いた。寺村洋子の机の横に立って見ていた水面は、立ったまま、真じゅ、と、頁の隅にうすく記した。寺村洋子は先ほど自分が書いた「しんじゅ」の部分を消して、「真じゅ」と直した。次に、水面の書いた字を力をこめて消した。

そのまま寺村洋子はかがみこんで、表紙の絵を描き始めた。大きな星がふんだんにちりばめられた主人公の少女の右の目から最初に、寺村洋子は描いた。つんととがった鼻を描き、それから左の目と耳、ぽっちりとした口をつけると、寺村洋子は今度は髪にとりかかった。

「縦ロールとただのカールの、どっちがいい」

寺村洋子は顔をあげて水面に聞いた。た、縦ロール。水面は答えた。寺村洋子は器用に主人公の髪にロールを巻かせ、艶《つや》もていねいにつけた。できあがった主人公の顔をよく見るために、寺村洋子はノートをかかげた。何人かの女の子たちが集まってきた。すごーい。声があがった。こんな外国の女の子みたいな子を漫画の中でどうやって活躍させたらいいのか、水面にはわからなかった。教室の窓の外に、汀の顔がみえた。それは一瞬のことで、汀はすぐに行ってしまった。

寺村洋子は、昼休みじゅうかかって、表紙の背景を描いた。豪華なベッドに洋風の曲線をえがく窓。ひらひらしたシェードのついた背の高い電気スタンド。画面のいたるところに星がとび輝き、薔薇《ばら》の花が主人公の顔のまわりにいくつも浮かんでいる。

「じゃあ、次は田中さん」

寺村洋子はノートを開いたまま、水面に手渡した。何かほめなくては、と水面は思ったけれど、言葉を思いつかなかった。

「じょ、上手」

水面はようやくそれだけ、言った。寺村洋子は期待するように水面の顔を見ている。いたたまれなくて、水面は、

「名前、何にする」

と聞いた。

ジェシカ。寺村洋子はすぐに答えた。ジェシカ。水面は口の中で繰り返した。や

っぱり外人なんだ、この子。水面はげんなりした。五時間めの社会の時間も、六時間めの国語の時間も、水面はずっと重苦しい気分だった。家に帰り、ノートをランドセルから取り出し、寺村洋子の描いた「ジェシカ」の絵を眺めた。頁をめくってまっしろなところに十字の線をひき、四つのコマをつくった。中心のところに1から4までの数字を小さくふった。1のコマに、大きな吹き出しをつけ、

「おかあさま!」

と書いた。次はもう思いつかなくて、2のコマにはジェシカの顔を小さく描いた。寺村洋子の表紙とはずいぶん違う顔になった。目から頬にかけて、涙をたらしてみた。3と4のコマには、

「うっうっ……」

「まあ、ジェシカちゃん!」

というせりふを、それぞれの吹き出しの中に書いた。

ぐったりして、水面はその夜は夕飯のおかずを残してしまった。

六年生になると、また水面と汀は同じクラスになった。担任も雨宮先生に戻った。

以前はおかっぱだった汀だが、肩よりも長く髪をのばし、二つに結ぶようになっていた。

寺村洋子は、五年生の途中で転校した。「真じゅのちかい」はついに完成されることなく、水面の部屋の押入れ深くに隠匿《いんとく》されたままになっている。汀はあいかわらずグループに属さなかったが、休み時間になるとぷいと教室を出てゆくようなことはなくなっていた。どの女子とも、汀はゆるくつきあった。汀のうわばきは、もう破れていなかった。

「田中さんとあたし、同じ身長」

最初の体育の時間に、汀が水面にささやいた。身体測定の結果に従って、生徒たちは背の順に並んだ。水面と汀の身長は、ミリ単位まで一致していた。

「体重は」

汀は聞いた。体重を教えるのは、なんだかいやだったけれど、いやがっていることを悟られるのはもっといやで、水面は数字をすぐに口にした。すぐに口にしたつもりだったけれど、一瞬の間があいてしまった。

「それも、おんなじ」

汀は頷いた。驚いているふうは、ない。自分の躊躇《ちゅうちょ》をみすかされたような気が、水面はした。水面も髪をのばしているので、髪の長さもちょうど同じくらいだった。体育館の鏡にうつった自分と汀の姿を見て、水面はどきりとした。姉妹か、ふたごのように、見えた。嬉《うれ》しい感じは、なかった。もしも村江道子と自分が似ていたなら、きっと自慢に思ったろうに。水面はそのことに気づいて、またどきりとした。

（だって）

と、水面は思った。柔軟体操を汀と組んでおこなった。汀は水面よりもずっと体が柔らかかった。体育館の床はつめたかった。水面はまだ生理が始まっていない。汀の背中の線を、水面はこっそりとうかがった。汀はもうブラジャーをつけている。クラスの半分以上の女の子は、すでに生理が始まっていた。小さなポーチを持ってお手洗いに行くので、どの子に生理が始まっていて、どの子がまだなのか、すぐにわかった。汀がどちらなのか、まだ同じクラスになって一月なので、水面には見当がついていない。

梅雨ごろから、こっくりさんが流行しだした。どうせ誰かが無意識に力を入れるので硬貨が動くのだと、水面はひそかに思っていたけれど、参加するのは面白かった。

田中水面さんの誕生日は何月ですか。お答え下さい。こっくりさんにお願いしてから、みんなで神妙に指先を十円玉にのせていると、十円玉は紙の上を少しずつ動いていった。止まったりぎくしゃく動いたりしながら、硬貨は「こ」の文字の上で静止した。まんなかに描いた鳥居まで十円玉を戻し、ふたたびみんなの指をのせる。「か」「つ」と、順調に十円玉は動いていった。

全員の誕生月が正しく示されたので、いよいよみんなが答えを知らないことを質問することになった。

「前世は何だったか、聞いてみよう」

須藤《すどう》雪子が言った。それ、いい。おもしろーい。賛成の声があがる。こっくりさんは須藤雪子の前世が女王だったと教えた。立川咲子は海賊、皆川麻美《まみ》は猫、松浦章子《あきこ》はひょうたんだった。大笑いしながら水面の前世をこっくりさんに聞くと、硬貨は突然ものすごい速さでぐるぐる紙の上をまわりはじめた。

「こっくりさんが怒った」

須藤雪子が声をひそめて言った。こっくりさんこっくりさんお静まり下さい。笑ったことをお許し下さい。今日はお疲れになったことと思います。こっくりさんこっくりさんどうぞお帰り下さい。五人で声をそろえて真剣に言った。こわかったねー、と言い合いながら、教室を出た。廊下はへんに暗かった。まだ日は暮れていない。雨が降りそうだった。野球部の練習の声が校庭の方から聞こえてくる。気がつくと水面は一人になっていた。校門でみんなと手をふりあったのがずいぶん前のことのようだった。田中さん、と声をかけられて、飛び上がりそうになった。

汀がいた。いつか汀が、

「前世の記憶があるの」

と言っていたことを、水面は急に思い出した。水面はくびすじに汗をかいていた。こっちの道、変質者が出るから遠回りしよう。汀は言って、水面の手を引いた。そのころ、変質者はよく出た。男の子をさらって皮膚をはぐ、という変質者が水面はいちばん怖かった。一回だけ、水面は人けのない道で若い男に性器を出して見せられたことがあった。反射的に、

「あっ」

と叫んだら、男は逃げていった。

「まっすぐ家に帰った方がいいよ、今日は」

汀は言い、水面のランドセルをうしろからぐっと押しやるようにした。うん、と、素直に水面は答えた。しばらく歩いてから振り向くと、もう汀はいなくなっていた。


クラスの女子で受験をするのは、村江道子と須藤雪子、松浦章子、それに水面の四人だった。村江道子は、四年生から四谷大塚《よつやおおつか》に通っている。須藤雪子と松浦章子は、五年生の夏休みから日進に行きはじめた。水面は受験をしたくなかった。そんなに勉強ができるわけではないし、同じ社宅の子供たちはほとんど近くの公立の中学に進んでいた。

「私立に入っておけば、転勤があってもまた帰ってきてから簡単に編入できるから」

水面の母清子はそう言って父の三津夫を説得した。私立は授業料が高いからと、三津夫はいい顔をしなかったのだ。しぶしぶ三津夫が承知したので、水面はがっかりした。転勤のことを言うのなら、社宅のほかの子供たちだって私立を受験してしかるべきなのに、全然そういう様子はなかった。

清子は近所づきあいを、ほとんどしなかった。社宅の奥さんたちが、醤油《しょうゆ》や味噌《みそ》を貸し借りしあったり、おかずを届けあったりしているのを、水面はときどき見た。隣の奥さんが中皿に盛った精進揚げを反対どなりに届けようとしているところへ水面が通りかかったら、奥さんは一つわけてくれた。さつまいものてんぷら、すごくおいしかった。水面が清子に報告すると、清子は眉《まゆ》をしかめた。

「そういうこと、しちゃだめよ」

清子はきつい口調で言った。ねだったわけじゃなかったのに。水面は内心で思ったが、さからわなかった。翌日清子は駅前のケーキ屋でショートケーキを買い、お隣に届けた。まあそんな、申し訳ないですよ、気をつかわないでいいのに。お隣の声が聞こえてきた。清子の声はほとんど聞こえてこなかった。

毎週日曜日に、水面は模擬試験を受けにいった。結果はたいがい悪かった。清子はそのたびに叱《しか》った。日曜日は夜遅くまで試験問題の解きなおしをさせられた。清子はショートケーキを夜食に出した。いちごが薬くさくて、水面はちっともおいしいと思わなかった。眠気ざましにと、清子は紅茶も淹《い》れた。レモンを浮かせると、とたんに紅茶の色がうすくなった。砂糖を加えないで一度飲んだら、舌がきしきしした。

水面はときおり学校で居眠りをするようになった。雨宮先生は家庭訪問の時に、清子に注意をした。規則正しい生活をするように。清子はぼんやりした顔で頷いていた。レモン入りの紅茶に、雨宮先生は手をつけなかった。小さなマドレーヌにも。これ食べていい。雨宮先生が帰ったあと、水面がマドレーヌをさすと、清子は頷いた。ゆっくりと水面はマドレーヌに手をのばした。すると突然清子が横から手をだし、水面がマドレーヌにふれる前に、さらうようにして取り上げた。そのまま口にはこび、清子はマドレーヌをひとくちで食べてしまった。水面はあっけにとられた。何ごともなかったかのように、清子は雨宮先生が残した紅茶をたたえたカップを、しずしずと流しに運んでいった。

社宅の噂《うわさ》を最初に聞いたのは、水面が引っ越してきた三年生のころだった。行方不明になった子供がいる。

噂は、そのようなものだった。それが何歳の子供で、いつごろのことで、行方不明になった後にふたたび発見されたのかどうかはいっさい語られず、ただ「一人の子供が消えた」ということだけが伝えられているのだった。

五年生になった時、また同じ噂話が再燃して、その時には子供の性別と住んでいた棟がつけくわえられていた。

「D号棟に住んでた女の子なんだって」

水面が住んでいるのは、噂の中の女の子と同じD号棟だった。清子に聞いてみたら、そうなの？　と、反対に聞き返された。父の三津夫に訊ねると、顔をしかめられた。

噂がただの作り話ではなく実際にあったことだと井戸哲也《てつや》が水面にこっそり教えてくれたのは、夏休みなかほどの社宅の夏祭の夜だった。井戸哲也は中学生で、年下の子供を何人も集めては、いつも三角ベースをしたり缶けりをしたりしていた。水面は一緒に遊ぶことはなかったけれど、ときどき井戸哲也のほうが水面に近づいてきて、話しかけた。

「聞いたんだ、ある人に」

井戸哲也は秘密めかして言った。ふうん、そうなんだ。背伸びするような気持ちで、水面は答えた。中学生とはめったに喋ることがなかった。

「殺されたの、田中渚《なぎさ》っていう子なんだぜ」

井戸哲也は深刻そうにつづけた。おまえと同じ名字だよな。井戸哲也は言ったけれど、水面は名字のことよりもその女の子が殺された、ということにぎょっとしていた。

「ほんとに殺されたの」

水面が聞くと、井戸哲也はまた深刻そうに頷いた。

「どっかの山奥で発見されたんだって」

井戸哲也が顔を近づけるので、水面は上半身をそらした。井戸哲也は汗くさかった。オバQ音頭が大きな音で鳴っていた。小さな子供たちが輪になって動いてゆく。井戸哲也はもっと何か言いたそうにしていたけれど、水面はなんだか怖くなって後ずさった。井戸哲也は水面の動きにあわせるように、一歩前に出た。水面の肩を軽くたたき、

「何かあったらおれに言えよ」

と言った。水面はこくんと頷いた。井戸哲也が汗くさいのが、いやだった。また後ずさると、井戸哲也は今度はついてこなかった。水面はD号棟まで駆けて帰った。暑いのに、とりはだがたっていた。階段をいそいでのぼった。玄関のドアを開けると、清子の姿が見えた。ただいま、と言ったけれど、清子は何も答えなかった。

受験のある二月は寒かった。試験の朝には大雪が降って、電車が遅れた。ぎりぎりで水面と清子と三津夫は会場に着いた。試験場に入ると、水面以外の全員が着席していた。試験監督の先生もすでに来ていた。直後に予鈴が鳴った。水面はあわてて受験票を机の右端に置いた。監督の先生が水面の机まで来て、写真と水面をじっと見比べた。水面の頰がかっと熱くなった。試験用紙が配られた。動悸《どうき》は静まらなかった。

一時間めは算数だった。計算をたくさんまちがえた。検算をしたつもりだったけれど、ちゃんとできていなかった。二時間めの国語では漢字をまちがえ、次の社会で少し落ちつきはじめたけれど、遅かった。

三津夫は両親面接が終わるとそのまま会社に行った。清子と水面の二人で帰った。

朝の雪が溶けて道がぐずぐずだった。新しい革靴が濡《ぬ》れて光った。二日後の発表を、また清子と二人で見に行った。水面の番号は補欠の一番下にあった。

結果発表の翌日に、電話がきた。清子が飛びつくようにして出た。入学許可が出たわよ。受話器を置くとすぐに清子は言った。水面はほっとした。村江道子も須藤雪子も松浦章子も、みんな第一志望の中学に受かっていた。朝からお腹《なか》が痛かった。お手洗いに行くと、初潮がきていた。清子は夕飯に赤飯を用意した。清子が炊《た》いたものではなく、市場の店で買ってきたものをふかしなおしたものだった。

次の次の日集団登校の場所に行くと、井戸哲也が立っていた。学生服を着た井戸哲也は、私服の時とは違うふうにみえた。

「受かったんだってな」

井戸哲也は言った。水面はこくんと頷いた。小さな包みを井戸哲也は水面に渡した。おいわい。井戸哲也は言い、そのまま行ってしまった。ピンクの包み紙に、リボンがかけてあった。手提げに水面は包みを押しこんだ。学校から帰って部屋で包みを開くと、小型のレターセットがあらわれた。体ぜんたいにくらべて頭と靴の部分だけがいやに大きな女の子と男の子の絵が、封筒とびんせんにおそろいで描いてあった。お礼を言わなければと思って、翌日から井戸哲也の姿を探したけれど、なぜだか井戸哲也とは会えなかった。

その後も井戸哲也の姿を見ることはなかった。引っ越してしまったのかもしれないと、水面は思った。死体で発見された田中渚という女の子のことは時々思い出したけれど、井戸哲也のことは、じきに忘れてしまった。新しい中学校までは、電車で五十分ほどかかった。


中学二年の夏休み、水面は久しぶりに汀に会った。図書館に感想文のための本を借りにいったら、駐輪場に汀がいたのである。

汀は一人でベンチに腰かけていた。麦わら帽子をかぶり、パフスリーブのワンピースを着ている。いつか鈴屋で見て水面がほしいと思っていたのと同じワンピースだった。畑だった土地を売って、汀の家が建て直されたのは、六年生のしまいごろだった。出窓のある二階建ての大きな家を、水面は通りかかった時に見てびっくりした。以前の小さなスレート葺きの家とは大違いだった。花崗《かこう》岩《がん》の高い塀をめぐらし、大きな表札には少し崩した字で「田中」と彫られていた。

「田中さん」

汀が呼びかけてきた。水面は軽く手をふった。そのまま座っているかと思ったのに、汀は立ちあがって近づいてきた。汀は色のあるリップクリームをつけていた。

「元気」

汀が聞いた。うん。水面は答えた。ねえ、ソフトクリーム食べに行かない。汀が誘った。このあたりでソフトクリームといったら、駅前のパン屋のソフトクリームである。うん。水面はあいまいに頷いた。本を借りなければならなかったし、お金もあまり持っていなかったが、汀と並んでパン屋まで歩いた。

汀はチョコとバニラが半々のもの、水面はバニラ一色のものを選んだ。財布からお金を出そうとすると、汀が首を横にふった。

「この子にも、あげて」

ソフトクリームをコーンの上に巻いている途中の若い店員に向かって、汀は言った。水面は目をみはった。店員はにっこりと笑い、まず汀にチョコとバニラのを渡し、次に水面のバニラを巻いた。水面はお金をさしだしたが、店員は受け取らなかった。

外に出るとせみが盛んに鳴いていた。水面は噛《か》みとるようにして食べた。汀はゆっくりとなめた。

「あのお兄さんと、知り合いなの」

水面は聞いた。

「あたしのこと、好きなの、あいつ」

汀は答えた。そうなんだ。圧倒されながら、水面はつぶやいた。

「つきあってるの」

水面が言うと、汀は首を横にふった。

「だってあたし、ほかに好きな人がいるもん」

汀のコーンの下から、溶けたソフトクリームがたれている。学校に行く電車で、水面はしょっちゅう痴漢にあっていた。軽く制服の上からお尻《しり》をさわってくるものがほとんどだったけれど、一回だけスカートの中に手を入れてきた男がいて、水面はすくんで動けなくなった。

「同じ中学の人？」

水面は聞いた。

「地理の先生」

汀は答え、コーンには口をつけないまま、ごみ箱に捨てた。すくんで動けなくなった水面を、男は無表情で見ていた。次の駅が来て水面が必死に男から遠ざかると、男は何事もなかったかのように降りていった。男が見えなくなった瞬間、男への憎《ぞ》悪《お》が、破裂するように水面の中にふきだした。

明日、うちに遊びにこない。汀は誘った。先生の写真見せたげる。

ちょっと面倒だな。水面は思ったけれど、

「うん」

と答えた。図書館に戻ると、もう昼近くだった。急いで水面は本を選んだ。社宅に帰ってくると、正午のサイレンが鳴った。道にも社宅の敷地にも、人影がなかった。景色全体が白っぽくみえた。何かが目の隅をよぎったような気がした。振り向いたけれど、何もなかった。階段をのぼっている間も、汗がこめかみからしたたり落ちた。

汀の部屋は、慣れない匂いがした。芳香ではないけれど、いやな匂いでもない。

しばらくそれが何の匂いなのか水面は考えたが、わからなかった。

先生の写真を見せてあげる、と言ったくせに、汀は違う話ばかりしていた。ラジオの深夜放送の、火曜日と金曜日のぶんを汀は欠かさず聴いているのだった。

「投書して、一回読まれたんだ」

汀は言った。

「ペンネームは」

水面は聞いた。深夜放送はたまにしか聴かなかった。投書の最後に読まれるペンネームがきもち悪いと、いつも水面は思っていた。なぜだか男のペンネームの最後には「生」がつき、女のものの頭には「お」がつくのだった。「草加の独居生」とか、「板橋のおカヨ」とか。

「本名で出した」

汀は答えた。それじゃあ誰だかわかっちゃうじゃない。水面は思わず声をだした。汀は首をかしげた。汀の机の上には大学ノートよりもふたまわりくらい大きいラジカセが置いてあり、アンテナがななめ上に向かってのばしてあった。汀はラジオのスイッチをいれた。ひゅうん、という音がした。ダイヤルをまわして汀は周波数をあわせた。雑音だったものが突然人の声にかわる。

「極東放送だ」

ぶんぶんまわっている車輪みたいな響きの早口の英語が聞こえてくる。土曜の昼の歌謡ベストテン、おもしろいよね。汀が言った。水面は知らなかった。土曜は授業は四時間めまでだったが、家に帰りつくのは二時近くだった。

汀はベッドの脇《わき》に手をつっこんで、がさがさ音をたてる袋をひっぱりだした。袋の口は輪ゴムでしばってあった。輪ゴムをとり、汀は袋を水面に差し出した。水面はそっと手を入れて、一つだけ取りだした。カレー味のカールは、少ししけっていた。水面はあと二かけほどしか食べなかった。残りは汀が全部食べた。

結局地理の先生の写真は見せてもらえなかった。汀の家を出てしばらくしてから、水面は汀の部屋の匂いが何に似ているのか、思いついた。揮発性の塗料のほのあまい匂いを、うんと薄めたような匂いなのだった。

英語が難しかった。

水面が入った学校は幼稚園から大学までの一貫の女子校で、下から上がってきた生徒たちは小学三年からすでに英語を教わりはじめていた。中一の時は、下からの生徒と中学から入学した生徒たちは英語の時間だけ別々のクラスにわかれた。中二からは一緒になったが、水面は英語の文型というものがどうにも体になじまないのだった。

クラス替えは二年に一度だった。小湊靖子《こみなとやすこ》は同じ手芸部で、帰りの方向も新宿まで一緒だったので、何かと一緒に行動するようになった。小湊靖子は下からの生徒たちの悪口をしょっちゅう言った。わたしたちみたいなふつうの家の子じゃないから、あの子たち。受験とかしなくてもいい子たちだから。

小湊靖子は、きちんと勉強をして外部から受験した自分たちの方がえらいって言いたいんだ。水面はなんとなく思った。下から来た子たちの中には、ものすごく仲良しどうしの子たちがいた。あたしと河合《かわい》由真ちゃんは親友なの。小湊靖子がことにも嫌っている望月勢津子《もちづきせつこ》は、しょっちゅう言っている。幼稚園のころからずっと一緒で、クラスだって一回しか離れたことがないのよ。

河合由真も望月勢津子も、制服にいつもぴしりとプレスがかかっている。親友、という言葉の響きを、水面は不思議に感じる。いつか自分にも親友というものができるんだろうか。そんなものはきっと一生できないだろうな。なぜだか水面は思っていた。それはべつに悲しいことでもみじめなことでもなかった。

学期の終わりに成績表を持って帰ると、清子はいつもくいいるように見入った。あんたは英語がぜんぜんだめなのね。数学と家庭科は5なのに、それはほめてくれないんだな。水面は内心で思っていたけれど、口にはしなかった。清子は最近めっきりふけてきた。自分の親のことを、ふけていると思うなんて、自分は冷たい人間なのかもしれない。水面は思ったが、冷たい人間であることも、べつに悲しいことではないのだった。

小湊靖子が盲腸で入院した。お見舞いに行ったら、小湊靖子のお父さんが病室にいた。娘のためにありがとう。送って行きますよ。小湊靖子のお父さんは、病院の駐車場から車を出してきた。低い車体で、はなづらに銀色の動物の飾りがついた外国の車だった。ドアが二つしかないので、うしろの席ではなく助手席に乗った。ドアをしめると香水がにおった。灰皿には吸殻がいくつか落ちていて、そのうちの一つにくちべにがついていた。

わたしたちみたいなふつうの家の子、と発音する時の小湊靖子の声を水面は思い出していた。笑うとお腹が痛いの。病室で小湊靖子が言うので、水面はわざと可笑《おか》しなことを言って小湊靖子を笑わせようとした。靖子はかんたんに笑った。小湊靖子のお父さんは二人を楽しそうに見ていた。車はほとんど揺れなかった。最寄りの駅で、水面はおろしてもらった。ありがとうございました、と頭を下げると、小湊靖子のお父さんは目をほそめ、

「うちの娘をよろしく」

と言った。

中二の冬に、水面はまた社宅の噂話を聞いた。

昭和三十三年、社宅ができたばかりの頃、D号棟に住んでいた小学生の女の子が行方不明になった。近くの池や川がくまなく浚《さら》われ、テレビを通じて全国に呼びかけられたけれど、女の子は見つからなかった。三ヵ月後に奥多摩の山林で、死体が発見された。死亡してまだ数日という推定の死体は、衣服をつけていなかった。

これ、知ってる。そう言って机のひきだしから取りだした古い新聞の切り抜きを見せてくれたのは、汀だった。冬休みに入ってまた図書館に行くと、ホールに汀が

いたのである。そのまま汀の家に行き、ラジオの昼のベストテンを一緒に聞いた。昼ごはんには図書館の売店で買ったカップヌードルを汀の部屋で食べた。汀の部屋は、もう何の匂いもしなかった。ガスストーブの暖気がいくつものかたまりになって部屋をめぐっていた。

「昭和三十三年って、わたしたちが生まれた年ね」

水面がつぶやくと、汀は頷いた。衣服をつけていなかった、ということの意味が、水面にもうすうすわかるようになっていた。

「その子の家族、今はどこにいるのかな」

汀はつぶやくように言った。さあね。水面はぼんやりと答えた。死んだ子供の話はしたくなかった。ねえ、地理の先生、どうなった。水面は聞いてみた。

「おかあちゃんの大学芋がすごくおいしいの」

汀が突然言ったので、水面は笑った。

「おとうちゃんは新橋の営業所に通ってるの。いつもお弁当持ってくんだ」

魅入られたように、汀はつづけた。水面は恐《こわ》くなった。汀のお父さんは定職をもたずにぶらぶらしているはずだ。

「世界は大きくてあたしたちは小さすぎる」

そう言ってから、汀は口をつぐんだ。しばらくラジオの音だけが響いていた。ベストテンは終わり、アナウンサーがニュースを読みはじめた。カップヌードルの容器の底に茶色い汁が残っている。水面は容器をかたむけて飲みほし、ふたをかぶせた。ふたはぺろんとめくれて落ちた。

汀が立ち上がり、窓を開けた。ごめんね、へんなこと言って。汀は謝った。ぜんぜーん。水面は顔の前でひらひらと手をふった。冷たい空気が吹きこんできた。くちびるをなめると、カップヌードルの味がした。帰り道、父の三津夫が以前は新橋の営業所に通っていたことを水面は思った。三津夫が八王子の支社に転勤になったのは去年のことだった。もっと遠くに行くかと思ってたけど、よかったわ。さして嬉しそうにでもなく清子が言っていた。見上げると空がまっさおだった。

高校一年の夏に、河合由真が休学した。入院したということは担任から伝えられていたけれど、白血病だということは水面は知らなかった。夏休み明けに、小湊靖子が教えてくれた。

小湊靖子はピアノのレッスンで一夏がつぶれてしまったのだと、ぶつぶつ言っていた。芸大の先生にレッスンを受けて、そのうえふだんの先生にも教わって、休む暇もなかったのだという。

「ピアノ、習ってるんだ」

水面が言うと、小湊靖子は、うん、と言った。

「父親が習わせたがって」

いつか車で送ってくれた小湊靖子の父親を、水面は思い出そうとした。

「音大、受けるの」

水面は聞いた。小湊靖子は首をかしげた。頬にも額にもたくさんのにきびができている。水面も小湊靖子ほどではないけれど、ぽつぽつとにきびが出ている。こんなににきびが出ているのに、あいかわらず電車の中ではしょっちゅう痴漢にあっていた。あしらいかたもすっかり慣れて、すくんだり恐れたりすることはなくなっていたけれど、嫌悪感はかえって年々増している。

「文化祭、誰かよぶ」

小湊靖子は聞いた。秋の文化祭に男の子を招待するかどうかを、小湊靖子は聞いているのである。きちんと男の子とつきあっている子は、実際にはクラスにはほとんどいない。水面は何人かの社宅の男の子の顔を思い浮かべた。都立に行っている子とは、ほとんど行き来がなかった。高校から私立の男子校に入った立山洋太と、この前社宅の公園で立ち話をした。うちの文化祭にこない。立山洋太は誘ったのだった。水面は生返事をしておいた。

セックスってどういう感じのものなんだろうと、このごろ水面はときおり想像することがある。夢に見たこともある。なぜだか水面は風呂《ふろ》にはいっていて、その中でおないどしくらいの男の子とセックスをするはめになっているのだった。あっ、セックスした、と思って、感触をたしかめると、それは太い便が出るときとまったく同じ感じなのだった。水の中なので、からだがほんのりと浮きぎみだった。

(想像力の限界だな)

目覚めてから水面は思い、可笑しくなった。

男の子には、実際のところ、興味がなかった。男の子はこの時期性欲がひどく昂《こう》進《しん》するものです。何かの雑誌で読んだことがあった。女の子も昂進するのだろうかと、水面はいぶかしんだ。マスターベーションはときどきしたが、それは「性欲の昂進」とはまったく関係ないことだし、むろん電車の中の痴漢たちの行為とも全然別の次元のことだと、水面は思っている。

その年の末に、河合由真が死んだ。

葬儀は教会でおこなわれた。マリー・テレーズという名が河合由真の洗礼名だと知って、水面は感心した。ぴったりだと思った。葬儀は荘厳《そうごん》だった。真っ白い百合《ゆり》をクラス全員の女の子たちが一本ずつ祭壇にささげた。河合由真の母親は河合由真そっくりだった。

河合由真の親友である望月勢津子は、泣き崩れていた。葬儀の次の日、望月勢津子は学校を休んだ。その次の日も。翌週望月勢津子が登校してくると、クラスの女の子たちは望月勢津子を囲んだ。たいへんだったねー。元気だして。何でもできることがあったら言ってねー。みんなが優しい声をだした。きっとみんな、自分たちが望月勢津子ほど河合由真の死を悼《いた》んでいないことを、気に病んでいるんだ。水面は思った。

由真ちゃんて、指にいぼができるのよ。いつも皮膚科に行ってとってもらうんですって。いつか望月勢津子が言っているのを、水面は聞いたことがある。あれは微妙な陰口だった。陰口を言ったからといって、友情が贋《にせ》であるとは、水面は思わなかった。それよりも、友情とどろどろした感情とを混じりあわせつつ持ちこたえることの緊張に、よくぞ耐えられるものだと感心した。

ときどき水面は死にたくなった。自分で死ぬのは面倒なので、殺される方がいいかとも思った。持ちこたえることが、ともかく難儀だと水面は感じているのだった。社宅の殺された女の子のように、誰か自分を殺してくれないかと思ったりした。清子がこのごろは夕飯をいいかげんにしか作らないので、水面がおかずをつくり足すことが多くなっていた。包丁を使いそこねて指先を切ると、血がでた。どくどくと指先が動悸《どうき》をうって、とても痛かった。この程度の傷でこんなに痛いのだから、死ぬのはさぞ痛いことだろうと思った。小湊靖子が死んだり三津夫が死んだり清子が死んだりするのは、いやだった。悲しみを引き受けるのも、難儀なのだった。河合由真の母親の顔を水面は思い出した。泣いていなかった。ただあおざめていた。その悲しみを、自分が真に知ることがあるのだろうかと水面は思った。急に自分が恥ずかしくなって、水面はうなだれた。じゃがいものでんぷんが、まな板の上にうすじろく広がって、にじんでいた。

田中汀がシンナーをやっている、という噂を水面は聞いた。

中学二年の夏休みに、汀の部屋を訪ねたとき、うすあまい匂いがしたことを、水面は思い出した。あれはシンナーの匂いだったのかもしれない。汀にひょんなところで会った。新宿のピザ屋である。立山洋太と待ち合わせて映画をみた帰りに寄ったピザ屋に、汀がいた。鼻にかかるほど前髪の長い女の子と二人で、パフェを食べていた。

「あれ、ヨータ」

汀は気楽な調子で声をかけてきた。立山洋太のことを名前でよびつけにしているのが、水面には新鮮に感じられた。

「田中さん」

水面も呼びかけた。立山洋太は黙っていた。こっち来て、一緒に食べない。汀は手招きした。水面は立山洋太と顔をみあわせた。立山洋太がいつまでも反応しようとしないので、水面が先に立って汀の横に座った。立山洋太はのろのろとやってきて、水面の向かい、前髪の長い女の子の隣にどすんと腰をおろした。

「バナナパフェ、おいしいよ」

汀は言った。じゃ、それにしようかな。水面がつぶやくと、立山洋太は、

「僕はコーヒー」

と、硬い声で言った。

前髪の女の子は興味深そうに立山洋太を眺め、次に水面に視線をあて、最後に汀に向かって目をぱちぱちさせてから、くすくす笑った。汀もしのび笑いをする。

「ヨータ、田中さんとつきあってるの」

汀が聞いた。立山洋太はじっとしていた。口をむすび、視線を卓に落としている。映画館で立山洋太は水面の手をにぎってきた。水面はしばらくにぎられるままにしていたが、だんだん手がだるくなったので、そっとはずした。それ以上立山洋太は何もしてこなかった。

水面がパフェを食べおわる前に、汀と女の子は立ち上がり、おさきに、と言いながら店を出ていった。立山洋太はむっつりしたままコーヒーのカップを何回も持っては口にはこんだ。もうとっくにコーヒーは飲みおわっているので、そのたびに憮《ぶ》

然《ぜん》として立山洋太は皿にカップを戻した。あたし前にヨータとつきあってたんだ。汀がそう電話してきたのは、その日の夜だった。よくうちの電話知ってたね。水面が言うと、

「小学校の電話連絡網」

汀は答えた。すっきりと整頓《せいとん》されていた汀の部屋を、水面は思いだした。

「いつからつきあってるの」

汀は聞いた。いつからって、別につきあってるとかそういうんじゃ。水面が小さな声で言うと、汀は少しの間、黙った。時計がちくたくいっている。電話のすぐ横に、清子が置いたのだ。小湊靖子と長電話ばかりするというので、一回の通話は十五分までという制限を去年からつけられた。

「田中さんって、子供だね」

汀は言った。水面は頰がかあっと熱くなった。中学の入試で、遅刻ぎりぎりで試験場に着いたあの時と、ちょうど同じように。

そのあとすぐに汀のほうから電話をきった。水面は小湊靖子に電話をして、テレビドラマのことや小湊靖子の好きな芸能人の話をぺちゃくちゃ喋《しゃべ》った。床についた

あと、水面はなかなか眠れなかった。汀の言葉が正しいから自分はかあっとしたのだと、水面は知っていた。少しだけマスターベーションをしてみたけれど、うまくゆかないので、立山洋太とセックスすることを想像してみた。思いがけず、高まった。立山洋太のことはほとんど好きじゃないのに。水面は思って、情けない気分になった。体があたたまって、すぐに寝入った。

田中汀がシンナーをやっている、という噂はなかなか消えなかった。シンナーだけじゃなく、子供をおろした、とか、毎晩大学生と遊んでいる、などという噂もあった。汀とは違う都立に行っている、同じ社宅の坂中流花《るか》や池田妙子《たえこ》がさかんに言いたてるのを、何回か水面は聞かされた。

「田中さんて、そんなふうにみえないのに」

水面が言うと、坂中流花と池田妙子は、

「なんにも知らないんだからー」

と、今度は水面のことを非難するのだった。

水面はげんなりした。汀のことを別にかばいたくもなかったけれど、坂中流花や池田妙子はみにくいと思った。みにくいものは嫌いだと思った。

坂中流花や池田妙子と別れてから、

（でも）

と、水面は思いなおした。ばかって言う人がばか。小さいころ「ばか」とけなされた時に言い返した決まり文句である。みにくいって思う人がみにくい。だからわたしはあの人たちのことをみにくいって思うことはやめにしよう。真面目《まじめ》に、水面は思った。偽善的になるのはいやだったけれど、正当ではありたかった。今この社宅の中で正当なのは自分一人だけであるような気がした。世界は大きくてあたしたちは小さすぎる。いつか汀が魅入られたように言った言葉を思いだした。たぶん汀は今水面が思っているのとは、まったく違うことを考えながらその言葉を言っていたのだろうけれど。

家に帰ると清子が布団《ふとん》を敷いて寝ていた。風邪なの。清子は言い、咳《せき》こんだ。このごろ清子はしょっちゅう寝こむ。必ずしも熱があったり症状がでたりするわけではない。

急に水面は気が抜けた。持っているかばんを床にたたきつけて、清子を、というのでもなく、知らないどこかの誰かを、怒鳴りつけたくなった。流しに今朝の食器がつけてあるのを、水面は洗った。米をといで、清子に声をかけた。ごめんね。清子に言われ、水面は少しだけ涙がでた。部屋に行って制服をぬいだ。鏡に白いスリップ姿の自分がうつっている。中学のころはブラジャーに乳首がふれると飛び上がるほど痛かったのに、いつの間にか何でもなくなっている。何もしたいことがないな、わたし。水面は思い、鏡の中の自分ににっこりと笑いかけた。

清子が自殺未遂をした。

三津夫が駆けつけたのは深夜だった。会社に連絡をしてもなかなか三津夫はつかまらなかった。清子の姉である澄子《すみこ》が病院に来てくれていた。ひそかに溜《た》めこんでいた睡眠薬をまとめて飲んだのだけれど、量が足りなかったので助かった。土曜の午後に学校から帰った水面は、眠っている清子をそのままにしておいた。ひどい鼾《いびき》をかきはじめたときに、はじめておかしいと思った。迷ったすえ119番に連絡した。救急車が来て、清子と水面を運んでいった。社宅の人たちが山のように取り囲んだ。見物している人たちの表情が、照り輝いていると水面は思った。

水面と三津夫と澄子の三人で集中治療室につめた。三津夫は苦虫をかみつぶしたような顔でいた。清子の顔はまっしろだった。このままお母さんが死んだら、忌引は四日だな。水面はぼんやりと思っていた。親等によって忌引できる日数は違っていた。河合由真が亡《な》くなったあとに望月勢津子が休んだ時は、むろん忌引にはならなかった。

清子が退院してから、三津夫が外に女をつくっている、ということを水面は知った。外に女をつくる、などという、有吉佐和子の小説にでてきそうな言葉が、自分の家と関係あるとは、水面は俄《にわか》には信じられなかった。悲しさはほとんど感じなかった。実際にものごとが起こってしまった時の方が、あれこれの面倒を想像している時よりも楽だと、水面は思ったりした。事が起こると、人はみな遠巻きにしてこちらに触れようとしない。できるだけ関わりをもたないようにする。渦中《かちゆう》にいるのは、少しだけ気持ちがいい。

(でも)

水面は思う。ほんとうは、わたしは渦中にいるのではない。渦中にいるのは、お父さんとお母さんだ。

三津夫のハンカチが、ずたずたに裂かれてごみ箱に捨ててあるのを、水面は見つけてしまった。ハンカチだけでなく、くつ下やパンツも。清子を、可哀相《かわいそう》だと水面は思った。同時に、清子のようには絶対に自分はならないと、蔑《さげす》んだ。こまぎれになった幾片もの布は、端からのほつれがからまりあって、ごみ箱の底にもやもやとわだかまっていた。

立山洋太から連絡がなくなったのを、水面は当然だと思った。社宅の中で救急車を呼んでしまったのだから、事情は社宅じゅうにつつぬけとなっていた。学校では誰も何も知らなかったけれど、小湊靖子にだけは水面は事の次第を打ち明けた。

「うちの父親も、恋人がいるみたい」

小湊靖子はなんでもないことのように言った。恋人、という言いかたが、水面はなんだかうらやましかった。女、は、みじめな感じがする。恋人ならば、少しはいいのではないか。

「そんなわけないでしょー」

小湊靖子は笑った。父親が浮気ばっかりしてるから、母親、わたしのピアノにやたら厳しくって。最初は父親が始めさせたのにね。小湊靖子はこぼした。あっけらかんとした小湊靖子の様子に、水面は拍子抜けした。小湊靖子は話題をすぐに変えた。好きな芸能人のおっかけを、このごろ小湊靖子はしているのだった。ピアノもあるし学校も厳しいからおおっぴらにはできないのだけれど、父親が小遣いをくれるので助かっているという。

「タクシーとか乗って、追いかけるんだ」

小湊靖子は楽しそうに言った。もっと自分の家のごたごたについて喋りたいような気が、水面はした。テレビ局の外で何時間も待っているうちに、ほかのおっかけの子たちと顔見知りになることや、その子たちの中にも序列があったりすることや、待ちは冷えるので懐炉を用意しておくことを、小湊靖子は喜々として説明した。

清子はあいかわらず布団にふせっていることが多かった。ときどき急に美容院に行き、きれいに髪をセットした。ぜんたいをふくらませ裾《すそ》をカールさせた、アメリカのホームドラマの女の人のような髪形だった。まだ春も浅いのに袖《そで》なしのワンピースを着て、清子は三津夫を待った。食卓には必ずマカロニグラタンとじゃがいもの煮つけが並んでいた。お父さん、これが好きだから。清子は言うのだった。三津夫が帰ってくることはほとんどなかった。いつもは水面が自分で用意する弁当を珍しく清子が作ってくれるのは、そのような日の翌日だった。前の日に三津夫が食べなかったマカロニグラタンとじゃがいもが弁当箱いっぱいにつめこんであった。最初のうち水面はそのまま弁当の中身を捨てていたけれど、そのうちに食べるようになった。スチームの上に乗せておいた弁当箱の中のマカロニグラタンは、おいしかった。じゃがいもの煮つけも。両方ともでんぷん質が多いので、もともそはしたけれど。

そういえばこのあたりでクワガタを採ったんだった。水面は思い出した。汀の家からもう少し行ったところの、大きなくぬぎの木のある農家の庭だった。おじいちゃんが在宅している時はだめだったけれど、お嫁さんだけの時は自由にクワガタを採らせてくれた。

桜はずいぶん前に終わって、ケヤキの緑が濃くなっている。農家の母屋《おもや》は残っているが、裏手にあったキャベツ畑とさといもの畑はなくなっていた。畑だったところには、そっくりの形の二階建ての家が六軒並んで建っている。それぞれに車庫があって、自転車や白いセダンが置いてある。

水面は塀越しに建て売りの家を眺めた。どの家にも洗濯ものが干してある。ハーモニカの音がとぎれとぎれに聞こえる。水面は胸いっぱいに空気をすいこんだ。花のにおいがする。葉のにおいも。清子のことも三津夫のことも学校のみんなも小湊靖子も、ずっと遠くにあることのように感じられた。

わたしだけ。

水面は思った。ここには、わたしだけ。そして、わたし自身も、あんまりいない。花のにおいと葉のにおいと洗濯もの。晴れていて暖かい。農家のおじいちゃんは少し前に死んだ。お嫁さんは前よりも太った。空が青い。わたしが死んでも空は晴れているし日差しは暖かいし農家のお嫁さんは太っている。

学生かばんを持ったまま水面は佇《たたず》んでいた。ずいぶん長い間たったと思ったが、ほんの五分ほどのことだった。ねえ、と声をかけられて振り向くと、汀がいた。

「クワガタって長生きしたけど、かぶと虫はすぐ死んじゃったね」

汀は言った。汀も昔のこのあたりのことを思いだしていたのだと水面は思った。

ずいぶんな偶然のような気もしたけれど、不思議なことだとは思わなかった。

「田中さんは死にたくなったりする」

汀が聞いた。水面は首を横にふった。

「田中さんは」

水面は聞き返した。

「前はたまに。今はもう」

汀は答えた。シンナー吸ってたって噂《うわさ》、あれ、ほんとだよ。昔だけどね。中学の時に何回かね。あたし両親が小さいころ死んじゃって幼稚園のとき今の伯父さんちに引き取られたんだ。汀はぼそぼそ言った。前世って前に言ってたけど、それって。水面は訊《たず》ねた。うん。両親が生きてるころのこと、すごい生まれる前みたいな遠い感じがして、それで。汀は答えた。

殺されたD号棟の女の子のことを、水面は少しだけ思った。子供をおろしたっていうのは。水面は聞いてみた。それは違うよ。汀は笑った。

汀の身長は、今も水面とほとんど同じだ。からだつきも。

「たいへんだったんだってね」

汀は言った。水面は頷《うなず》いた。汀と水面は並んで歩きはじめた。歩調も、ほとんど同じだった。小学校をぐるりとまわってから汀の家の方へ戻った。軽く手をふりあって別れた。一人で歩きながら水面はまたD号棟の女の子のことを考えた。その子の家族、今はどこにいるのかな。いつか汀が言っていたのを思い出した。清子が死ななくてよかったと、初めて水面は思った。三津夫への恨みも、はっきりとわいてきた。わたしには前世もないし来世もない。水面は思った。気がつくと水面は激しく泣いていた。自分のことを思って泣いているんじゃない。清子や三津夫のことを思っているのでもない。わたしは殺されたD号棟の女の子のことを思って泣いているんだ。水面は思った。しゃくりあげながら、はなみずをたらしながら、水面はおおまたで歩いた。道が陽を受けて光っていた。川の面みたいにみえた。何も考えず、ただおおっぴらに泣きながら、水面はおおまたで歩きつづけた。

terra

紐《ひも》のなかほどを左手に持ち、小さくゆがんだ輪をつくる。右指のほうの紐の先を一度輪にくぐらせる。輪の向こうにまわった紐の先を、ふたたびこちらに引きよせ、はじめの部分に重ねるように輪にくぐらせる。

そこで手をいったん止める。

息をととのえ、両の指先に力をこめ、紐をひく。

いそがずに、けれど指の緊張をとぎらせることなく、ゆるみのないようひく。

そうやって、左の手首のいちばん細いところに紐はまわされ、少しのことでほどけることはない。

紐は白く、ほそい。縒《よ》りのある、やわらかなものだ。

痛くはない。肌にくいこまないよう、とても上手にあなたは紐をかける。

真っ暗では眠れないというあなたのために、わたしたちは小さな灯をともす。ただの白い布の紐なのに、まるでみがいた玻璃《はり》のように。

真夜中にふと目が覚め手首を眺めると、紐はうすく光っている。ただの白い布の紐なのに、まるでみがいた玻璃のように。

実際に発光しているのではない。ただわたしの目にそう見えるだけなのだということは知っている。

朝になり光があたりを満たすと、あなたは目を開けぼんやりとわたしを見、やがてたしかめるように紐にふれる。

真夜中に紐がまとっていた光はすでになく、それはただの白い線状のものだ。

あなたはわたしの顔を両手ではさむ。わたしたちのまわりの空気は紫色をおびている。

「葬式って、どうすればいいのかな」

と、沢田は言うのだった。

誰か死んだのと聞くと、沢田は、

「アパートの隣の部屋の子が」

短く答えた。

隣の子って、あの髪の長い。そう、加賀美《かがみ》っていう。沢田、ちょっと親しかったんだよね。うん、けっこう。でもお葬式って身内が出すもんでしょ。

地下鉄は混んでいて、沢田とわたしの隣にいるスーツ姿の女の人がしきりに身じろぎしている。

「誰も、いないらしいんだ」

沢田はつぶやいた。大きく車両が揺れて、沢田がスーツ姿にのしかかるような体勢になった。すみません。沢田が小声で言った。スーツ姿は目だけで答えた。まつげの長い女の人だ。下のまつげが、ことに長い。そしてきれいにカールしている。

「こういう感じ、好き?」

駅に停車したとたん、見えない大きな鉄板か何かに力を加えられたように、地下鉄の扉からかたまりになって人々がホームへと押し出された。沢田とわたしとスーツ姿は、かたまりの中ほどにいた。ホームに出ると、かたまりはすぐにほぐれる。スーツ姿はふたたび車内へと戻っていった。改札口への階段をのぼりながら、わたしは沢田に聞いたのだった。

「えっ」

「沢田が好きそうなタイプじゃない？」

「そう思う？」

沢田は急に立ち止まった。沢田のうしろにほんの少しの人だまりができて、すぐにまた流れだす。沢田とわたしは川の中州のように人の流れの中に取り残される。

「目の感じとか、くちもととか」

「やめてよ」

「そそられるっていうか」

「死んだやつのことをそういうふうに喋《しゃべ》るのはちょっと」

どうも会話がちぐはぐだと思ったら、スーツ姿の女の人のことではなく、沢田は死んだ加賀美のことを思っているらしいのだった。

「葬式どうやるかって、誰に聞けばいいんだろう」

沢田はまた歩きだした。大学までは坂道だ。改札を出てしばらく坂をのぼると、まわりはほとんど学生ばかりになる。沢田は四年生、わたしは二年生だ。四年生だけれど、沢田はまだ必要な単位の半分も取っていない。小さな編集プロダクションで沢田はアルバイトをしている。この前、沢田も手伝って作ったという本をもらった。『頻尿健康法　第二章』という題の薄い本だった。第一章はどうしたのと聞くと、すぐに絶版になったと沢田は答えた。

加賀美は、同じ大学の学生だった。キャンパスにはほとんど姿をあらわさず、そのかわり沢田の部屋の近くのコンビニエンスストアでは、しょっちゅう行きあった。小柄で、ニットの帽子をかぶっていた。まっすぐな髪が帽子のすそから腰のあたりまでのびていた。

「や」

と沢田が声をかけると、いつも無言で会釈《えしやく》だけを返した。

「もしかして、つきあってたの」

校門のところで聞くと、沢田は黙ってしまった。そのまま大学の構内に向かおうとするわたしと、沢田は別れていった。目が覚めないから、ちょっとコーヒー。沢田は言っていたけれど、きっと大学の建物を見たとたんに授業を受ける気をなくしたに違いない。さぼってしまおうかとわたしも一瞬思った。でもせっかく朝早く起きて混んだ地下鉄に乗ってきたのがもったいなくて、やめた。

昼に学生食堂で、沢田にまた会った。

「今日のランチ、うまい？」

鯵《あじ》が好きなら。ひらきは好きだけど。ランチはフライだよ。フライも好き、食べよかな。食べたら。食べよかな、と言いながら食券を買いにゆく様子もなく、沢田はすぐ隣に座った。薄いプラスチックのソース入れを手に持って、沢田はぺこんとへこませる。しばらくたつと、へこみは戻る。またへこませる。何回めかに、ソースが少しこぼれ出した。

「こぼれた」

と指摘すると、沢田はテーブルの上の茶色いしずくを指でぬぐった。ぬぐったはいいけれど、そのままティッシュペーパーで拭《ふ》くでもなく、指先をひらひらしている。

昼休みがおわるまで、沢田はそこにいた。指のソースはかたまっている。立ち上がって行こうとすると、

「葬式、十万ちょっとかかるって」

と沢田は言った。へえ、とだけ、わたしは答えた。

振り返ると、沢田はぼんやりした感じで座っていた。加賀美はどうして死んだのだろうと、その時わたしははじめて思った。


紐の縒りはあまくなってくる。

確かめるようにあなたは紐にふれる。とびでた細かいほつれを引くと、紐がしまる。時間がたってゆるんでいた紐が、手首に少しくいこむ。

どうして紐をかけるの、と聞いてもあなたは答えない。しるし？　かさねて聞くと、薄くうなずく。

急にあなたが立ち上がるので、びくりとする。机のひきだしをひき、光るものを取りだす。はさみ。

ひややかな切っ先をひらき、手首の紐の下にくぐらせる。あなたはぷつりと紐を切る。

床に落ちた紐は、ただの白い屑《くず》となる。

はさみと同じひきだしから、あなたは巻いた新しい紐をだす。端をひき、伸ばす。

右の指でゆがんだ輪をつくり、左指でくぐらせ、ふたたびわたしの手首に紐を巻く。わたしは言葉を口にしない。あなたも。

紐をかけたまま、わたしたちはかさなる。

かけたばかりの紐は、ときおり手首にくいこむ。まだ狎《な》れていない紐。

わたしたちは長くまじわる。Aの面とBの面がまじわるとき、そのまじわった線を数式にあらわせ。ときおりそんなことをわたしは思う。

思うけれど、すぐに忘れる。あなたのうごきは激しい。

あなたとまじわることは最初からこんなふうなものだと知っていたような気がする。知らなかったころは何も知らなかったのに。あなたのからだは熱い。

八万円あったのだと、沢田は言った。加賀美は事故死だった。信号を無視した乗用車にはねられたのだ。警察がアパートの大家のところに来た。アパートを借りる時の保証人に連絡したら、その電話はもう使われていなかった。

「入居する時はちゃんと電話通じたんだけどね」

大家は言っていたそうだ。

加賀美の親類や友人を知らないかと、沢田は大家に聞かれたのだ。大学に問い合わせてみれば、と沢田は言ったのだけれど、問い合わせてみても何もわからなかった。緊急連絡先は大家の所番地になっていた。

「困っちゃったね。警察は戸籍を調べたらしいけど、係累《けいるい》は一人も生きてないんだってさ」

大家はまた沢田に相談した。どうやら沢田が加賀美とは一番親しいようなのだった。

「もし誰も引き取り手がなければどうするんですか」

沢田が警察の人に聞くと、

「こちらであれこれ処理することになりますね」

と答えたそうだ。

処理っていう言葉がなんかこう、おれ。沢田はしょぼしょぼと言った。沢田はいつもこんなふうだ。きちんと大学の授業に出て適当にいい成績をとりてきぱきと就職活動をする、なんていうことからは最も遠いふうにみえる。

で、八万円って、いったい何。

「加賀美の全財産」

沢田は答えた。一万円札が六枚、これはピン札であと千円札が十五枚、こっちは新しくない札、あとは小銭。封筒にしまって机の中にあった。事故の時に持ってた財布には千円札が四枚入ってた。

「部屋を調べたの」

「大家が部屋をあらためるのに立ち合ってくれって」

結局大家と沢田が二人で加賀美のお葬式というか焼き場の手配というかをすることになったのだった。

「一番安い、全部で十三万九千二百円かかるセットにして、うち八万は加賀美のお金で残りは大家が出してくれた、そのかわり」

そのかわり？　聞き返すと、沢田は上目づかいになって、

「骨壺《こつつぼ》はおれのところに来ることになった」

ええっ、とわたしは声をあげた。もらっていいものなの、ああいうものを。

「でも誰も引き取り手がないと加賀美、可哀相《かわいそう》じゃない」

沢田はぐずぐず言っている。ねえ、沢田ってやっぱりつきあってたんだ、彼女と。

わたしが聞くと、沢田はこきざみに頷《うなず》いた。最初は向こうに誘われて。言い訳のようなくちぶりだ。

それで、骨壺、どうするの。どうするって。部屋にずっと置いとくの。うーん。仏壇とかは。いやそれは。納骨とかもしなきゃならないんじゃない。納骨って？四十九日とかにお墓に。墓、どこにあるか知らねえよ。

骨壺ってけっこうでかいんだよな。おれ、はじめて持った。沢田は言った。骨って何色だった、と聞いたら、白、それもすごくきれいな白、と沢田は答えた。


一ヵ月くらいして沢田のアパートに行ったら、引っ越しの最中だった。沢田が引っ越しをしているのではなく、沢田の隣の部屋を人が出入りしているのだった。たんすに本棚、いくつかの小さなダンボールと大きなダンボール。覗《のぞ》くと、部屋の入り口に沢田やわたしよりもずっと年上らしき男の人がいて、業者に指図をしていた。しばらく見ていたら、沢田が出てきた。新しい人が入るんだねもう。うん。沢田はわたしに並んで眺めた。女の子じゃないね。うん。加賀美、何歳だったの。二十一だって。えっわたしと一緒。うん、一緒。

加賀美っていつも突然やって来てさ。沢田は言った。やあ、とか言いながらするっと部屋に入ってくんの。それでいつの間にかついそういうことになっちゃうんだけど、朝起きるといなくなってて、何かの小動物っぽかった。

引っ越しはすぐに終わった。眺めているわたしたちを、男の人はじろりとにらんだ。感じ悪い、とつぶやいたら、おれたちこそじっと見て感じ悪いし、と沢田が言った。沢田はぺこりとお辞儀をした。男の人の表情がゆるんだ。

加賀美の部屋の片付け、こないだ大家と一緒にしたんだ。沢田がぽつりと言った。物のない部屋なんだ。よく整理されて。

大きなものはリサイクルショップに売り、服や雑誌は捨てた。机の中にあった手紙類と携帯電話はどうしようかと、大家は沢田に相談したそうだ。

「携帯電話の中身を見たら、親類とかわかるんじゃないかね」

大家は聞いた。沢田は黙っていた。

「それじゃ、こっちで処理するよ」

大家が言ったので、また沢田は処理という言葉にひっかかってしまった。結局手紙とノート類、それに携帯電話を沢田は引き取った。

「またそういう」

「そういうって」

「余計なことっていうか」

「余計じゃないって、知り合いだったんだから」

知り合いねえ。わたしがつぶやくと、沢田は口をとがらせた。でもどうしてわたしにそういうこと喋るの。なんとなくタイミングっていうか。いつも麻美、居合わせるから。

「居合わせたいわけじゃないよ」

わたしは顔をしかめた。沢田は笑って、肩をすくめた。部屋、帰るわ。言いながら沢田は階段を上っていった。引っ越してきた隣の男の人が包みを持って沢田の部屋のブザーを押している。後ろから沢田が声をかけると、男の人はあわてて振り向き、あっという声をたてた。沢田と男の人が喋っている声が聞こえない。二人の口だけが動いている。体も。

無声の画面を見ているような感じだった。歩きだすとなぜだか体がぐらついた。貧血かもしれないと思ったとたんに、景色が粒子になった。

「レバーとかが足りてないんじゃない」

沢田に言われた。貧血はよく起こすので、慣れている。沢田のアパートから帰りがけに起こした時も、しばらくしゃがんでやり過ごし、どうということはなかった。なめらかだった景色の中に光る砂粒のようなざらざらしたものが混じり、次第にざらざらが増えて景色が荒れてくる。しまいに風景は消え、世界ぜんぶが砂粒に変わってしまう。それがわたしの貧血だ。

「駅の救護室のベッドって、狭くて固いんだよ」

と言うと、沢田は興味を示した。

「貧血のたびに救護室に運ばれるのか」

「運ばれない、自分で歩いてく」

「休ませて下さいって頼むの？」

「ちがう、ホームでしゃがんでると、親切なおばさんがたいがい駅員さんに知らせてくれるの」

「迷惑な奴《やつ》だな、麻美って」

体が何かに追いつかないのだと思う。体よりも先に何かが進んでしまった、その何かに追いつかない。それで体が貧血を起こす。

「交通事故って、痛いのかな」

わたしが言うと、沢田は顎《あご》のへんをかくかくと動かした。

「死ぬのはまああれだけど、痛いのはいやだな、わたし」

沢田はじろりと睨《にら》んだ。加賀美のことを茶化しているわけではない。ただ、死んだ人のことを過剰に哀れみたくないだけだ。でも沢田に言ってもわかってもらえるかどうかわからない、面倒なので説明はしない。

加賀美のノートの終わりの頁《ページ》に住所が書きつけてあったのだと沢田は言った。

「どこの」

「山形」

「誰が住んでるの」

「知らない、名前はなかった、住所と電話番号だけ」

加賀美の携帯電話を使って番号に電話してみたら、女の人が出たのだという。

「なんでわざわざ彼女の携帯で」

「使えるかどうか、試してみようと思って」

たぶん加賀美、引き落としで料金払ってたんだ。沢田は言った。通帳、部屋にはなかったけど。事故の時持ってた鞄《かばん》の中にも。

加賀美が亡《な》くなったことを告げると、電話の相手はしばらく待ってくれと言った。五分くらいたって戻ってきて言うには、加賀美の家の墓がその寺にあるという。

「お寺」

沢田が電話した先は、加賀美の家の菩提寺《ぼだいじ》だったのだ。おそらく加賀美はその近くで生まれるか育つかしたにちがいない。

加賀美さんところのお嬢ちゃんなら知ってますよ、とお寺の人は言ったそうだ。あそこの家は若死の家系でご両親もその前の代もみんな三十になるやならずで亡くなってしまいましてねえ。そうですか、お嬢ちゃんも二十一で。

骨をどうしたらいいかと沢田が聞くと、お寺の人はいつ来てもいいと答えた。

「だから、行ってみようと思うんだ」

ええっ、とわたしは声をあげた。郵送するとか、できないの。

「骨壺って郵送していいのか」

「だめか」

「郵送、されたくないしなあ、おれなら」

沢田はぼそぼそと言った。今は金、あんまりないんだけど。でももうちょっとするとバイト代が入るから。こめかみのあたりを指先で揉《も》みながら、沢田はつぶやいた。


試験がぱらぱらあって、いつの間にか夏休みになった。八月が過ぎて、九月に入ったところで、

「山形、行かない」

沢田が言ってきた。

加賀美の納骨に行くのだという。沢田と二人の旅というのもあまり気が進まなかったけれど、ほかにやることもない。リュックを一つしょって、昼に上野駅で待ち合わせた。

「新幹線?」

と聞いたら、沢田は首を振った。あんまり金ないから。

鈍行を乗り継いでだらだら行くうちに日が暮れた。

「お寺って、どこなの」

「奥羽《おうう》本線の駅からバスらしい」

「バスはどのくらい」

「二時間だって」

沢田は時刻表を全然調べていなかった。新幹線で行けば途中で一泊せずにすんだだろうに、結局福島で宿を探すことになった。

「うどんなんか食べてるからだよ」

まだ宇都宮にも着かない頃に、突然沢田は降りたいと言いだしたのだ。電車乗ってんの、飽きた。そう言いながら、沢田は次に停車した駅で降りてしまった。駅前にロータリーがあった。タクシーが一台止まっていた。覗くと、運転手はいなかった。窓もあけっぱなし、キーもさしてある。

「盗むか」

沢田が言った。

「勝手にしたら」

冷たく答えると、沢田は本気の顔で運転席のドアを開けた。外に立ったままキーを動かそうとしている。

「回らない」

アクセルとか踏まなきゃだめなんじゃない。

「おれ免許ないから、知らないんだ」

じきに沢田はタクシーのドアをばたんと閉めた。そのとたんに道を折れて制服の男の人が姿をあらわした。歩きながら煙草《たばこ》を吸っている。わたしと沢田をじっと見てから、男の人は道路に煙草を投げ捨て靴のかかとでつぶし、タクシーの運転席に乗りこんだ。

なにくわぬ顔でわたしたちは歩きだした。商店街はさびれていた。着物を売っている店がある。古びたマネキン人形は、眉《まゆ》がとがっていた。着物のほかに、おばあさんが押して歩く手押し車もたくさん置いてあった。

「腹へった」

と言う沢田のために、食堂に入った。沢田はうどんを頼んだ。わたしは迷ったすえ同じうどんにした。床は土間になっていて、店ぜんたいが傾いている。おばあさんが一人でゆっくりと餃子《ぎょうざ》を包んでいた。うどんがなかなか出てこないと思っていたら、おじいさんが入ってきて、大儀そうにエプロンをした。しばらくして出てきたのはべろんとした感じのうどんだった。

「あんまり量、ないな」

沢田が言った。

「のびてる」

うどんはおつゆを吸って柔らかくなっていた。箸《はし》で何本かすくうと途中でぷつんと切れた。ほとんど箸をつけていない丼を、沢田がじっと見ていた。

「食べる？」

どんぶりを沢田の方に押しやった。沢田は箸を持ち直し、どんぶりをかかえた。ずずっという音をさせて、沢田はおつゆを飲んだ。さみしい町だと思った。駅に戻って待っていても、なかなか次の電車は来なかった。

あなたがいない時にも、わたしは紐をはずさない。

腕時計の下に、紐は隠す。体の中で、左手首がいちばん重い。そこに紐があるからだ。

ときおり腕時計がずれて白いものがのぞく。頬が熱くなる。知らぬ人に見咎《みとが》められてはいけないと、あわてて腕時計を元に戻す。

紐は何かにつながれているわけではない。

ただ、巻かれているだけだ。それなのにわたしの手首が、左手首が、あなたに固くつながれていてもう動かすことができないというこころもちになる。

気がつくと左手首をくびすじのあたりに当て、もてあそんでいる。一人では体がからっぽのような気がして、すぐにあなたを求める。

あなたの部屋に入ってたたみに横ずわりする。体の下の方がからっぽだ。はやくあなたにみたされたいと、体が思っている。気持ちで思うよりも、体で思う方がこのごろは強いようだ。

こんなふうになっている自分が不思議だ。あなたがいなければ死んでしまう、というようなものではない。あなたを愛する、というものともちがう。ただあなたがほしくて、あなたと体を重ねたくて、それは性欲というものよと、いつか誰かに言われた。

せいよく、などというへんな言葉のものとも違うような気がするのだけれど、違う、ということの曖昧《あいまい》な感じもふくめたもの全体の意味を「性欲」という言葉が表すのならば、それはやはり性欲なのかもしれない。

甘い思いはほとんどない。ただあなたの体とわたしの体をふれあわせたい。


ずっと電車に乗っていると、どこに今自分がいるのかわからなくなる。

窓の外には稲が実る。田の中に集落がある。大きな木が数本かたまってはえている、その下にはたいがい墓がある。

「今、何県」

聞くと、沢田は、

「秋田とか？」

と答えた。

秋田はもっとずっと北だよ。栃木を出たかどうか聞いてるの。

沢田はあくびをした。わたしにもあくびがうつった。二人で何回かたてつづけにあくびをした。学生が乗ってくる。クラブ活動の帰りなのだろうか。もう八時近い。

「ここ、何県ですか」

沢田が学生に聞いた。学生たちは顔を見合わせた。体が大きい。いちばん大きな男の子が、

「福島です」

と答えた。沢田はまたあくびをした。

じきに学生たちは降りていって、車両にはわたしたちと、あとショートパンツをはいた女の子が一人だけになった。女の子はずっと携帯電話で喋っている。お姉さんおねえさん、電車の中で喋っちゃいけないんですよ。沢田が小さな声で言った。

「聞こえるよ」

わたしが言うと、沢田は首を横に振った。眠い、と言いながらわたしの方に頭を倒す。沢田の髪からはいい匂《にお》いがした。女子中学生が使うようなシャンプーの匂いだ。

沢田は頭をゆすった。髪がにおいたつ。加賀美と沢田がセックスしているところを想像してみた。うまく想像できなかった。

沢田が突然立ち上がった。駅が近づいているのだった。終点でも乗り換え駅でも

ないところだ。また急に降りたくなったのだろう。わたしが言っても、降りてもホテルとか旅館とか何もないところかもしれないよ。沢田は気にしないふうだった。携帯電話を使っていた女の子も同じ駅で降りた。駅前にはロータリーがあった。うどんを食べた駅と、よく似ていた。沢田はロータリーのすぐ脇《わき》の焼きとり屋にどんどん入っていった。

「そういう余分なお金、あるの」

と聞くと、沢田は首をかしげた。

「麻美は」

「ない」

ま、足りなくならない程度に飲むさ。沢田は言って、カウンターの席に座った。焼きとりは甘かった。めひかり、という魚があったので頼んだ。ここは何県ですか。また沢田が聞くと、お店のおばさんは、福島ですよ、お客さんはどちらから、と聞き返した。東京都新宿区上落合です。沢田がこまかく答える。おばさんは、はは、と笑ってからすぐに無表情になった。

小さなモーテルが一軒、駅から歩いて二十分ほどのところにあった。田んぼの際《きわ》に入り口はあった。ぴらぴらした若布《わかめ》のようなものをくぐった駐車場が広い。一番安い部屋に決めて、沢田と二人でふらふらしながらエレベーターに乗った。

あなたと会っていない時にも、あなたをずっと感じている。自分一人でも持て余すのに、あなたの気配までをまとって、けれどいっそのことよけいなものの多い方が持ちこたえられるようにも思う。

体がからっぽなのです。

天井から光がさしてくる。暗くなった部屋にあなたが灯をともしたのだ。

まだここにいたの。

あなたはびっくりしたように言う。

動けなくて。

あなたはわたしの肩をおす。力をこめなくとも、わたしはすぐに倒れる。紐を巻いて。手首だけでなく足首にも腰にも胸にも首にも。

あなたは首をふる。いい、なのか、いやだ、なのかわからない。

もっとつないで。わたしがぬけだしてどこかに行ってしまわないように、もっと激しくして。もっとみたして。

あなたは後じさる。逃げないで。わたしが言うとますます後じさる。あなたではだめなのだ。誰でもだめなのだ。わたしの中のからっぽはわたしにしかみたせない。でもわたしでわたしをみたそうとすると、わたしが裏がえって表といれかわってわたしはますますからっぽになってしまう。

わたしの手首にこの前あなたが巻いた紐を、あなたは切る。畳の上の白く細くはかないもの。わたしは少し泣く。恨んで泣くのではない。体のしめりけを少しでも払おうとして泣くのである。


翌朝は快晴だった。沢田は浮かない顔をしている。

「お金、ないの」

聞くと、沢田は首を横に振った。

「加賀美のこと考えてた」

あ、そうか。のみこむようにして言い、沢田から少し離れた。

まだ九時前だというのに、商店街には開いている店が多い。

「前の駅より栄えてるね」

中華料理屋とそば屋と喫茶店がある。食器や鍋《なべ》を売っている瀟洒《しょうしゃ》な店も。

「マイセンがある」

「高えな」

「誰が買うのかな」

「結婚祝いとか？」

はたきを持ったおじさんが、マイセンのお皿をはたいている。沢田と並んでガラス越しに見入っていたら、見返された。

隣の喫茶店に入ってモーニングを頼んだ。なぜだか丸干しがついてきた。あとはトーストとコンソメスープ、それにサラダである。

「魚くさいね、ここ」

「丸干しを焼いた匂いだな」

コーヒーはおいしかった。沢田はなんだかぼんやりしている。

「彼女、死んじゃったのかな、ほんとに」

「だっておれ、焼き場に行ってきたよ」

「でもなんか信じられない」

加賀美と、ほんとはどういう感じだったの。声には出さず、わたしは心の中で沢田に聞いてみる。おれにもよくわからないんだ。それじゃ沢田って、加賀美のこと、そんなに好きじゃなかったの？　それもよくわからない。じゃ、加賀美の方は？　それもわからない。でもつきあってたんでしょ。なあ麻美、好きってどういうこと。おれ加賀美とセックスするのは好きだったし加賀美のこと可愛《かわい》いと思ったりしたけど、そういうんじゃない、もっと体の奥底みたいなところから吹き上げてくるようなものが加賀美の中にはあって、その吹き上げるものと「好き」とかいう優しいような感じの言葉が、どうしてもむすびつかなかったんだよな。

沢田が答えているわけではない。わたしが勝手に頭の中で問答しているのだから、これはわたし一人の気持ちだ。加賀美が死んだということを、人間が一人死んだのだということを、わたしはまだうまく理解できないでいる。

ひそひそと囁《ささや》く声。

二人でいるときの空気のゆらぎ。

こぼれでていってしまいそうなものを押しとどめ、腕にかこみ、もう一度すいこむ。体ぜんたいがふくらんだようになり、すぐにまた元へ戻る。

内臓や筋肉や水や血にみたされたわたしの体。切ったら血が出るよとあなたが言う。気がつくと刃でやわらかなところを傷《いた》めている。にじむ血。ほら出てきた。あなたは刃を取りあげる。

まだわたしは自分の体をつかまえることができていない。先へと行ってしまう体。こんなにもからっぽなのは、わたしが体に追いつけないからなのか。

あなたといる時だけわたしの体はみちている。気持ちが一点にあつまる。その一点からみたされてゆくわたしの体。

あなたの体が離れてしまった後も、少しの記憶がのこる。体の記憶。壁に背をつけ、記憶をよびおこす。すでに遠くなっている記憶はかすかなさざなみをもたらす。からっぽになった体に、ほんのわずか戻ってくる波。眠くなる。

電車はすいていた。こんなにすいてて採算はどうなってるんだろう。沢田がつぶやいている。

車両には先ほどまでおばあさんが三人いたけれど、前の駅で降りていってしまった。三人とも靴を脱いで座席に正座していた。飴《あめ》や小さなおせんべいを、かかえ持っている布の袋から出しては、分け合って食べていた。

「二人だけになっちゃったね」

「明るいな」

沢田が目を細める。わたしたちの反対側の車窓から日が差しこんでいる。床に光がのびてわたしと沢田の足先に届く。

「骨壺って、重い？　軽い？」

どうかな、と言いあって沢田が座席の横に置いてあった鞄を、たしかめるように膝《ひざ》の上に乗せた。

「どうなってるの」

「何が」

「骨壺って、何かで包んであるの」

「ふろしきで包んできた。実家からパンツとシャツ送ってきた時に包んであったピンクのやつ」

沢田は鞄のファスナーを開けた。薄いピンクの、昔ふうの結婚式で引き出物を包んであったような風呂敷《ふろしき》が見えた。可愛い。可愛いって、麻美おまえ。直接包んであるんだ、箱とかに入ってるんじゃなくて。うん、そう。ねえ沢田って母親にパンツ買ってもらってるの。大学一年の最初の時だけだよ、いらないって言うのに東京は物価が高いでしょって、おふくろが。わたしなんか小学生の頃から自分でパンツ買ってたよ。小学生って早くない？　でもそうだったもん。

両親を早く亡くしたので、わたしはだいたいのことを自分でする癖がついた。両親が亡くなった時のことは、ほとんど覚えていない。いなくなったことは悲しかったのだろうけれど、感情をよみがえらすことはできない。忘れてしまったのだ。またたは、忘れてしまいたくて忘れたのだ。

「加賀美もパンツ自分で買ってたんだろうな」

え、と沢田が聞き返す。

「だって両親とかいなかったんでしょ、小さい頃から」

女もパンツって言うのか。なんかもっと洒落《しゃれ》た言いかたがあるんじゃなかったっけ。

「わたしはパンツって言うよ。パンツ脱がして、とか」

パンツ脱がしてじゃあ、その気になれないなあ。沢田が笑う。わたしはなるよ。なった時に言うんだよ。沢田がまた笑う。ゆうべパンツ脱がしてって言わなかったじゃない、麻美。だってその気にならなかったもん。

昨夜、沢田は鞄を開けて骨壺を眺めていた。暗いと眠れないという沢田のために、小さな電気をつけっぱなしにしておいた。わたしは眠ったふりをしていた。沢田は大きなため息をついた。しばらくしてから沢田はふとんに入ってきた。沢田の体が熱かった。沢田はすぐに寝入った。わたしは明け方まで目が冴《さ》えていた。

電車の揺れが気持ちよくて、沢田によりかかったまま眠った。何度か頭がすべり落ちて、そのたびにびくりと目を覚ましたけれど、次の瞬間にはまた寝入る。ずいぶん時間がたったと思ったけれど、起きたらまだ十五分くらいしかたっていなかった。

「誰も乗ってこないね」

車両を見回しながら言うと、沢田は、

「さっき百人乗ってきて、次の駅で百人降りてった」

と答えた。不気味だよそれ。でもなんかそういう気配があったよ、姿は見えなかったけど。本気で言ってるの？　いや、まあ。

沢田はなんだか沈みこんでいる。どうしたの、と聞いても答えない。昼には駅に着いた。ここからバスだな。ねえ、バス、一日に二本しかないよ。

時刻表はいやに白っぽい。午前十時台と夕方五時台の二本しかないうえに、よく見ると「運行は木曜日と日曜日」と、欄外に書いてある。

「今日って何曜」

「水曜日」

なんだよ明日にならないとバス走らないのかよ。沢田がぶつぶつ言っている。タクシー使ったら。でもあんまり金ないんだ。それになんか今日おれ、行きたくない気がする。

沢田の顔色が悪い。

「加賀美のこと、思い出してるの？」

沢田は小さく頷いた。加賀美のこと、おれ、すごく好きだったのかも。突然言いだす。変わったやつだったけど、ああいうの、決していやじゃなかった。でもおれ、ついていけなくて。

「加賀美が事故にあったのが自分のせいだとか思ってるの、もしかして沢田」

ちがう。ちがうけど、加賀美って時々自分のこと自分で傷つけたりしてたから。

「なにそれ」

ほら、自傷っていうの？　かみそりで腕切ったり。

「自殺？」

いや、たいして深くは切らない。

「暗い子だったんだ？」

暗いっていうか。沢田はそれから黙ってしまった。うまく説明できないから黙った、というふうな感じだった。説明されても、わたしにはわからない。ほんとうは沢田にだって加賀美の心の奥のことはわかりっこないわけだし。

ラーメンでも食うか。言いながら沢田は歩きだした。この駅にはロータリーはない。バス停は駅から少し離れたバスの車庫の前にあった。何台かのバスが止まっている。はなづらを同じ方向に向けて、四角く沈んだようにバスは並んでいた。

どうしてここにいるんだっけ。

わからなくなる。

もう死んでしまいたい。

などと思ったことは何回もある。死んでしまったら何もなくなるから、この体のへんな感じもなくなるのだ。

セックスをすれば少しは気が紛れるかもしれないと思っていた。たしかにセックスのまっ最中には気が紛れた。性衝動を矯《た》めるためにスポーツをしましょう。と、男の子たちは言われたものだった。女の子は、そんなことは言われなかった。でもこんなに体がからっぽで、何かにみたされたくて、それは男の子のペニスだけでは足りなくて、男の子の重い体全体におさえつけられることでも足りなくて、紐《ひも》が、いちばんいい。

何にわたしを繫《つな》ぎとめるのでもない、
けれど何もないところに繫がれていることが、わたしのこの行きどころのない大きなからっぽをいちばんよく宥《なだ》めてくれる。

あなたは紐を切り落とした。

もう結んでくれない。

さみしい。とてもさみしい。


「加賀美と一緒に住もうかと思ったこともあったんだ」

沢田が酔っぱらってきた。加賀美の話をしていたのではなかったのに、突然そんなことを言いだす。

バスの車庫のそばに小さな旅館があった。素泊まり一人二千五百円と言われて、わたしと沢田は泊まることにした。沢田が寺に行きたくないとごねるのだから、仕方がない。踏むと畳が沈むような部屋だった。冷房もない。

「暑い」

沢田が文句をつけた。このへんて、盆地だよね。今日の最高気温を出した土地、とかいう感じでこのへんの名前、天気予報で聞いたことがある。でも沢田が泊まろうって言ったんだよ。文句をつけ返したけれど、沢田は無視した。

夕方までぐだぐだして、まだ暗くならないうちに駅前に繰り出した。繰り出す、というほどの規模の町ではない。居酒屋ふうの店はなくて、寿司《すし》屋とうなぎ屋が一軒ずつあるだけだった。

「うなぎもお寿司も高いよね」

「うなぎの方がましじゃない？」

言い合いながら、うなぎ屋の方に入った。東京のうなぎ屋のように、松竹梅とか鰻丼《うなどん》、白焼きなどというメニューがあるのではなく、なんのことはない、ただの居酒屋だった。

「どじょうがある」

「てんぷらも」

「あっ、グラタン」

いちいち声を上げて指さすのを、店のおじさんは迷惑そうに聞いていた。

「お客さん、どちらから」

東京都新宿区上落合です。沢田はまた細密に答えた。ずいぶん遠くからですねえ。おじさんはしきりに話しかけてくる。店にはわたしと沢田とあと一人しかお客がいない。あと一人のお客はスポーツ新聞を熱心に読んでいる。棚のラジオから野球中継が聞こえてくる。

「加賀美って、けっこう相性がよかったんだ」

おじさんの話が途切れて少し間のあいたところで、沢田は加賀美の話を始めたのだ。

「相性？」

「うん。相性」

「それってセックスのこと？」

いや、それだけじゃなく。沢田は下を向いた。食べ物の好みとか。好きなお笑いとか。あと、まあセックスの趣向とかも含めてこまかいところ、いろいろ。

「なんだ、沢田と加賀美って、ふつうのカップルだったんじゃない」

「そうかも」

「もっとなんか人目を忍ぶっていうか隠してるっぽい感じだと思ってた」

「隠したことはないよ」

意外だった。

「じゃ、もしかしてほんとはやっぱり、今ものすっごく悲しいんじゃないの？」

沢田は首をかしげている。それがなんかなあ。悲しいっていうより、よくわからない感じなんだ。

「そういうものなの？」

加賀美って、ここにいるのに、なんだかいないような感じがしてたからかもしれないなあ。

自分が死んだのに、恋人だった男は身も世もなく悲しんでいてくれない。ぼんやりと「なんかなあ」などと言っている。加賀美に、わたしは同情した。

旅館に戻ると玄関のガラス戸に鍵《かぎ》がかかっていた。沢田ががんがん叩《たた》いた。古打ちしながら旅館の人が出てきた。遅いから閉めちゃいましたよ。旅館の人のその言葉に、沢田は怒りだした。すいません酔っぱらってるんです、こいつ。言いながらわたしは沢田を引きずるようにして部屋に戻った。布団《ふとん》は敷かれていなかった。おしいれを開けると、薄くて硬いふとんが重ねてあった。

沢田は大きく足を広げていびきをかいている。つつくと薄目を開けて、

「麻美のばかやろー」

と叫んだ。それからまたすぐにいびきをかきはじめた。

布団を敷くのが面倒だったので、わたしは薄い掛け布団を沢田のお腹《なか》にかけてやった。少し迷ったけれど、夜中沢田が目を覚まして怖がるといけないので、電気はつけっぱなしにしておいた。

加賀美麻美、と半紙に書いてから、寛照さんが腕組をしている。

加賀美家の菩提寺であるというこの栄久寺には、昼少し前に着いた。山を一つ越えた小さな集落にあるお寺だった。住職の寛照さんは、

「麻美さんのお父さんと同級生なんですよ、わたしは」

と言った。

「戒名、どうしますか」

「金、あんまりないんですけど、これでどうでしょう」

言いながら沢田は、封筒を寛照さんの方へと押し出した。中を確かめず、寛照さんは袈裟《けさ》のふところに封筒をしまった。

(こんなもの用意してたんだ)

わたしは驚いた。

「供養《くよう》のお念仏とかも、お願いできるでしょうか」

沢田が言っている。寛照さんは重々しく頷いた。

加賀美家のお墓は、草一つなく清潔に保たれていた。参る人はもういないのだけれど、お寺でいつもきれいにしてくれているらしい。

骨壺をお墓の前に置き、寛照さんがお経をあげた。墓の前の石板をあげると、中は深くて暗かった。骨壺を入れ、板を戻し、またお経をあげた。

納骨は全部で一時間もかからなかった。

「これでおしまいですか」

沢田は聞いた。寛照さんは頷いた。草美院大姉、というのが加賀美麻美の戒名だった。

お経あげてもらったけど、この戒名が自分のことだって、麻美の奴、わからないかもしれないなあ。沢田が一人ごとのようにぼそぼそ言っている。

お茶でも、と勧められたけれど、沢田は断った。帰りのバス乗り過ごすと困るので。うちの車で送っていってあげましょうか。寛照さんが聞いた。けれど沢田はまた首を横に振った。

　バスはすぐに来た。客は誰も乗っていなかった。山道を、バスはゆっくりとのぼって下った。

「死んじゃったんだな、麻美」

　バスに揺られながら、沢田がつぶやいた。

「つまらないなあ、死ぬと」

　沢田は窓の外を見ながら言った。大きな鳥が飛んでゆく。白いのと灰色のが並んでいる。つまらないなあ。もう一度沢田は言った。

　わたしは少し泣いた。

　半端《はんぱ》だったなと思った。死ぬ時は、いつも半端。誰でも半端。

　あなたが巻いてくれなくなったので、最後に自分で巻いてみた左手首の紐をたしかめようとしたけれど、もう体がないので、できない。土に還《かえ》って二酸化炭素や窒素に分解されて記憶もすっかりなくなって、それからまた何かのかたちをとるかもしれない。でもずいぶんと先のことだ。

　どうしてわたしはあんなにからっぽだったんだろう。どうしてわたしの体はあんなに何かを求めていたんだろう。いつも叫んでいるような体だった。でももうなくなってしまった。もっとあなたとセックスをしたかった。好きということの意味もまだわからぬままでいいから、ぶつけるように、体をまじわらせたかった。そうだ、公共料金引き落とし用の預金通帳は『頻尿健康法　第二章』にはさんであったんだよ、沢田。まあどっちでもいいんだけど。

「さよなら、沢田」

呼びかけたら、沢田がふりむいた。虚空《こくう》に手をのばし、沢田はため息をついた。くらりとしたと思ったら、あたりの景色がすべて粒子になった。そしてすぐに全部が消えた。

aer

そのしろものはとてもやわらかくて垢《あか》がたまりやすくて熱くてよくわめくものだった。しろものが出てきた時は苦しくて痛くてずるっとしていて時々は途中で眠ってしまってようやく出てきたらあんまり紫色でみにくいのでがっかりした。しろものは出てくるとすぐにわめいて初乳というものをやってもうまく飲まなかった。初乳は免疫のあれとこれに関してとても大切ですから必ず飲ませてください。ものの本に書かれていた。だから何かの事情で初乳を飲ませそこねたらどうしようかと、しろものが出てくるまでひっきりなしに心配していた。はじめて出るお乳がすなわち初乳である、けれど実際のところいつからいつまでを初乳というのか正確にわからないのが不安だった。しろものが出てきてから二時間くらいまで？　それとも一日めまではセーフ？　最初に飲ませたものは全部「初乳」と呼ぶことにするので一ヵ月後でもオーケー？

分娩台《ぶんべんだい》からベッドにうつって上半身部分を機械でギーと立たせて、しろものに初乳をやった。「これは初乳ですか？　初乳ですね？」看護婦に詰問《きつもん》して不審がられた。初乳はほとんど出なかった。片方の乳首が陥没しているのだった。陥没していない乳首もはじめて吸われるので穴が通らないのだった。

穴とは乳のでる穴である。乳首には十以上の乳のでる穴がある。そんな穴があることなど知らなかった。乳が出はじめてから一ヵ月くらいたってから乳首をみると、小さなふくらみがいくつもできていた。穴がきれいに通ったのである。虫めがねで拡大すると、火山の噴火口のようなびろびろんとしたでっぱりがいくつか並んでいるのだった。男たちは自分が吸ったりもする恋人の乳にこんなたくさんの穴があることを知っているのだろうか。きっと知らない。虫めがねごしに見るときもち悪いので、虫めがねは奥にしまった。でもときどきむしょうに拡大して見たくなって、奥からだしてきた。きもち悪い、きもち悪いと思いながら、じっと見てしまう。

しろものに名前をつけなければならなかった。

しろもの、などと言っているけれど、粗末に思っているわけではない。腹の中にいた時には仮の名前をつけていとしんでいたくらいだ。アカシと呼んでいた。日本の中央標準時の子午線、東経一三五度線が通過する都市、明石。パンクチュアルな人間になってほしかった。わたしは待ち合わせというものに必ず遅れる。

アカシが男だか女だか、知らなかった。「教えませんよ」という病院だった。「教えてくださいよ」と頼んだけれど、だめだった。「おちんちんが見えれば男だけれど、見えなくても男の場合がありますからね。隠れてることがありますからね」隠れているんですか。隠れているんですよ。医師は真面目《まじめ》に答えた。

エコーの機械で腹をぐりぐりさすると、画面上に胎児の影があらわれる。胎児なのだか自分の内臓なのだかほんとうは区別がつかない。ここの部分が胎児ですよと言われるとそう見えてくる。胎児はながほそかった。アカシはこころぼそそうだねと、内心で話しかけた。エコーのゼリーはつめたかった。

しろものは出てきてみると男だった。名前はアオにした。出てくる前は、耕筰《こうさく》とつけようと思っていた。山田耕筰の耕筰である。日本の交響楽団の基礎をつくった人である。でも顔だちが耕筰ではなかった。生まれたばかりで紫色だったけれど顔だちはちゃんとあるのだった。アオは顎《あご》がほそい。耕筰は顎の張った男の名前である。

顎はほそいけれど、アオは乳を上手に吸った。初乳はうまく吸えなかったのに、すぐに上手になった。吸ってから一時間もするとわめくので、また乳を吸わせる。また一時間するとわめく。「すぐに乳をほしがる場合、お乳が足りていないことを疑ってください」と、ものの本には書かれている。それで、疑った。足りないならどんどんやればいいと思った。「すぐに乳をやってしまうと、乳がたっぷりたまらないのです。するとまたすぐに赤ちゃんのお腹《なか》がすいてしまいます。授乳の間は少なくとも二時間半はあけてください」というものの本もある。二時間半あけようとしたけれど、わめき続けるので無理だった。おろおろしながら、あいだをとって一時間半おきに乳をやった。

どんどん乳をやっていたら、アオは巨大になっていった。一ヵ月健診で体重をはかると、生まれた時の一倍半だった。手首にも足首にも首にもくびれが入り、顎ももうほそくなくなっていた。髪はぺったりとあぶらじみ、代謝のはげしさをあらわしていた。

（いつか殺してしまったらどうしよう）

腕の中のアオを見ながらしばしば思うようになったのは、体重が一倍半になってからだ。顎のほそいころは、かえって思わなかった。あまりにかんたんに殺してしまえそうだったからかもしれない。一倍半になってもむろん殺すのはかんたんなのだけれど、凶暴なことを思うのには何かの言い訳が必要なのだった。一倍半、というういいかげんな保証。

いちばん頻繁に（殺してしまったら）と思うのは、マンションの階段を下りている時だった。むらむらっときて、腕に抱いたアオを地面にほうり投げてしまいそうになる。アオが憎いわけではない。アオがわめくのがうるさいというのでもない。アオを育てることに疲れてしまったというのでもない。

ただなんとなくむらむらっときてしまうのだった。

階段を下りる時には、むらむらがこないようアオをひしと抱いた。前かがみになり、胸に隠すように歩いた。つまずくといけないので、足元ばかりを見た。空が青くとも雨がじゃあじゃあ降っていようとも雹《ひょう》が降っていようとも雷が鳴っていようとも、ただただ足元だけを見ていた。

アオがまだアカシだったころのことが、なつかしかった。たった二ヵ月ほどしかたっていないのに、すでに昔のことである。最初にアカシがいることに気づいたのは嘔吐感《おうとかん》をひっきりなしに感じたからだった。これはコドモだな。胃の病気や風邪や食あたりを着想してもよかったのに、コドモを直感した。検査薬は高いので直接病院に行った。まだ早すぎますあと二週間してからおいでなさいと言われた。二週間たった頃にはますます嘔吐感が激しくなっていて、歩くことも苦しくなっていた。体がコドモを拒否していた。頭はコドモを拒否していないのに体は拒否するのかと思った。でもほんとにコドモを受け入れてるのか頭は。ただの「私」を騙《かた》るものが、「私」はコドモをよろこびに満ちて受け入れるのよ～、コドモはかわいいものなのよ～オ～ソ～レミオ～～という「ふり」をしてるだけなんじゃないか。

嘔吐感の激しい一ヵ月半はみかんばかりを食べていた。米も肉も魚も野菜も食べられなかった。ときどき砂糖をなめた。みかんと砂糖。絞ってジュースにするともう体が受けつけない。みかんのかたちのものだけ。砂糖もざらざらの様子が嘔吐感をさそうのだけれど、こそこそっと知らないふりをして口にいれ、唾液《だえき》で溶けるのを待ってのみこめば大丈夫なのだった。

嘔吐感のひどい期間は寝てすごした。目を覚ましたまま寝そべって「きもちわるいきもちわるい」とぞくぞくしているか、ぐうぐう眠っているかだった。

よく眠った。眠り病というものがあるとすると、こういうものではないかと思った。枕《まくら》にのせた頭が、枕の中にしずんでゆく。しずんでしずんで、寝台よりも下までしずみ、さらに床より低くしずみ、地面のずっと奥底までしずんでゆく。頭につづく体も、ななめうしろから一緒にしずんでゆく。

眠りは暗い。夢はみない。眠っているということも知らずに眠っている。立って歩くことが少ないので足がほそった。一ヵ月寝つくだけで人の足というものがたいそう細くなることを知った。歩くとふらつく。膝《ひざ》がおれて前にのめる。コドモがどうにかなってしまうのではないかと心配でしかたがない。アカシと名をつけたのはこの頃だ。アカシやアカシやどうかみかんだけで生きのびてください。

嘔吐感がおさまると嘘《うそ》のように食欲がでた。のしのし歩きまわり、糧食を買い求め、はしから食べた。すぐに足はふとくなった。コーラをのみながらあんぱんを食べている時がいちばんみたされていた。コーラもあんぱんも、それまでの人生で二回くらいずつしか口にしたことはなかった。酒と煙草《たばこ》と辛いものばかりを好んでいた体なのに、コドモが中にいるだけで口にするものが変わった。酒のない人生なんて耐えられん。そういう体だったはずなのに、あんぱんとコーラである。セックスのない人生なんて耐えられん。そういう体でもあったはずなのに、つるりとセックスを望まなくなった。コドモの遺伝子の半分を提供した男というものがいる。その男のことを好きで好きで好きで好きでしかたがなかった。嘔吐感がひどかった時にも好きで好きで好きで好きでしかたがなかった。おさまってからしばらくは、食欲をみたすことに忙しかった。

気がつくと男のことをあまり考えなくなっていた。

まっかなお尻《しり》をだして四六時中雄をさそっていた雌の猿は、子供ができたとたんに雄には見向きもしなくなります。かまきりの雌は交尾が終わると雄を頭からむしゃむしゃ食べてしまいます。蛸《たこ》の雌はたまごを腹に宿すと雄から離れ、たまごを守るために岩陰にひそみます。云々《うんぬん》。

そういうのと同じなのだった。

どうぶつじゃん！

男を好きで好きで好きでしょうがないのである。という気持ちに戻ろうとしたけれど、うまくゆかなかった。すぐそこにいる男である。今も嫌いではない。どちらかと決めるならば、「好き」寄り。でも狂ったみたいに好きで好きで好きでしょうがなかったあの気持ちは、ぬぐい去ったように消えている。

体がコドモをつくることを欲する。そのために男と恋愛をするよう体がしむける。狂ったように男を好きになり、とけあって一つになって離れまいとちかって二人の間をへだてる薄い一枚の避妊具でさえ邪魔にする。コドモができる。するととたんに男は必要ではなくなる。

ほらやっぱり、どうぶつじゃん！

かんたんすぎて、涙がでてくる。

頭はどんどんぼんやりしてきた。

自分の体がどうぶつであることがわかったので、ぼんやりすることにも必然性があるのではないかと疑った。どうぶつの体に、無駄なことは一つもない。

ぼんやりして、ただただしあわせなのである。

麦茶を飲みおむすびを食べ小魚を食べセロリをかじり鶏肉《とりにく》にレモンをしぼって食べはとむぎ茶を飲み焼いた鯖《さば》を食べ野菜スープを飲み玄米を食べわかめの酢の物を食べ少しのせんべいをかじりご飯を食べ蒸した豚肉を食べ海苔《のり》を食べ紅茶を飲み（コーラは体重が増えて妊娠中毒をよぶ危険があるので一日一杯に制限）（あんぱんも妊娠中毒をよぶ危険があるので二日に一つに制限）、ともかく飲み食いすることが一日の大部分をしめる。マタニティースイミングやら母親学級やらおむつを縫うやら入院用具をそろえるやらふつうのニンゲンとしての日々を過ごすやら仕事もちょっとするやら、そういう時間もあったはずなのだけれど、飲み食いのことばかりが大きくひろがって気持ちを占めているのだった。

何か、することがあったんじゃなかったっけか。

ぼんやりする合間に、ときおり思った。

この地球におりたった自分に与えられた使命。宇宙の平和を守るとか。地球の生態系の平衡がやぶられぬよう見張るとか。世界の飢えた子供たちを救うとか。自己をつきつめ生きてゆくことの意味をただすとか。

たしかそういう類《たぐい》のことを前は考えたりしていたんじゃなかったっけか。

今はしあわせすぎて、何も考えられないのだった。腹の中にコドモがいることが、多幸感の原因なのである。それはもうはっきりしていた。アカシのせいでしあわせになってしまった。しあわせの実体はないのに。

コドモがいるからしあわせなのではなく、しあわせだからしあわせなのだった。

洗脳されてるみたい。

ときどきそう気づいて、びくっとした。

腹の中のコドモはわたしを洗脳したのだった。でもほんとうは洗脳されたのではなく、ただ何も考えなくなったのだった。考えないで飲み食いして腹がふくらんでいってコドモの体が次第に組織だっていって脳とか腎臓《じんぞう》とか原始生殖腺《せいしょくせん》とか指先とかしっぽとかそういうものができあがってゆくのにつれて、ホルモン自律神経恒常性その他のあれやこれやでどんどんどんどんどんどんどんどん考えなくなってゆくのだった。

しあわせになったのには、やはり理由があった。無駄のないどうぶつの体。

陣痛がはじまった。

痛い痛い痛い痛い痛い痛い痛い痛い痛い。

千回言っても万回言っても足りないくらい痛かった。

痛くて疲れきった。痛さの合間に、暇があると眠った。陣痛の最中、ニンゲンは眠ることができるのだ。

陣痛は最初十分おきにくる。それが五分おきになって三分おきになって一分おきになる。ともかく痛い。そんなにも痛くて苦しいのに陣痛のない三分とか二分とか三十秒の間に、ちゃっかり眠ることができるのだ。

ようやくわかった。

しあわせになったのは、何も考えなくなったのは、この痛みにそなえるためだったのだ。

陣痛の合間に考えてしまったら、ますます陣痛がしのびがたくなる。はっきりいって、痛さで死んでしまう可能性すらある。理性的、などという感じで陣痛の間にいろいろ考えていては。

男のヒトは痛みに弱いと言うけれど、あなた、女のヒトだって痛みには弱いはずである。同じニンゲンなのだから。

けれど。

考えなくなったヒトは、考えなくなってぼおっとしてものすごくしあわせになっているヒトは、痛みに強いのだ。ぼやーんとしてしまって、うっとりとなってしまって、どうぶつになってしまって、ほとんど無能になってしまっているヒトなら、大丈夫。

そうでないヒトは、コドモができてもどうぶつになっていないヒトは、無痛分娩にした方がいい。ぜひそうした方がいい。どうぶつであったわたしは、うーんといきんでコドモをうんだ。コドモをうむためにいきむのはうんちをするのとまったく同じふうである。

まことに痛がりながらコドモを生み、生みおわったらすぐにまたしあわせになった。

神（©日本及び世界全般）のくだされたしあわせ。という感じ。

けれどしあわせは儚《はかな》かった。腹からコドモがでてきた次の日くらいに、しあわせは、きれいさっぱり消えてしまった。

アカシがアオになった次の日から、わたしはしくしく泣いてばかりいた。それまで考えないでいたすべての懸案が、どっと一気にわたしの頭の中にうかびあがり押し寄せうずまきはじめたのだ。

あの、イカモノくさい例の「私」が、わたしの中に、戻ってきてしまっていた。病院から家に帰ったら、どうやってアオを風呂《ふろ》に入れよう。

乳が出なかったらどうしよう。

乳をやっている間にアオを取り落としてしまったらどうしよう。

アオのしつけをきちんとできるんだろうか。

アオをかわいいと思えるんだろうか。こんなただ紫のしろものを。

アオがきちんと育たなかったらどうしよう。

きちんと育たないくらいならまだいいけれどある日ものすごくぐれて暴走族に入ったらどうしよう。

暴走族に入ってバイク事故を起こして誰かをひき殺してしまったらどうしよう。

ひき殺すことはまぬがれ暴走族からも抜けたけれど今度は独自に荒れ狂ってしま

ってその結果人殺しをしてしまったらどうしよう。

人殺しをしたアオを訪ねて刑務所に行ったとき、面会はスムーズにできるのだろうか。

ありとあらゆる悪い予感が押し寄せてきてしくしくしくしく泣いてばかりなのである。

このような様子を「取り越し苦労」という。どうして今まで何も考えずにあんなにしあわせだったんだろうと愕然《がくぜん》とした。

そういえば今までだって、
住んでいる家に車がつっこんできたらどうしよう。

乗っている電車が脱線して大事故になったらどうしよう。

今しも世界のどこかで核兵器が行使されていないだろうか。

地球環境がますます劣悪になって希少生物の生存がまた困難になっていってしまうのではないだろうか。

買ってきた冷凍食品に農薬がしこまれているのではないか。

無差別殺人をおかしたいと思っているニンゲンが隣に住んでいるのではないか。

ある日彗星《すいせい》が地球に接触して人類は絶滅してしまうのではないか。などという、起こる可能性がずいぶんあること。そういうことを、そういえばわざわざ予感することなどなかった。ほんとうはいつ起こってもおかしくないことなのに。

そのようなことをいちいち予感し考え怖気《おぞけ》をふるっていては、つるつると平穏に生きてゆけないから、ニンゲンはそういうことを四六時中考えて「取り越し苦労」したりはしない。しないで避ける。知らないふりをしつづける。

コドモが腹にいなくとも、ニンゲンというしろものは、ほとんど何も考えない。

そういうことなのだった。

（いつか殺してしまったらどうしよう）

というこころもちは、取り越し苦労とはまた異なるこころもちなのだった。

殺したくはないのである。ぜんぜんないのである。でも殺してしまいそうなのである。

男のことが好きで好きで好きで好きでしかたがなかったころ、そういえば少しだけ似たようなこころもちになる瞬間があった。

今ごろ電車に乗ったはず。電車のドアにはさまれてひきずられたりしてないでしょうね。

今ごろ会社で働いているはず。エレベーターの誤作動で墜落事故が起こって巻きこまれたりしてないでしょうね。

今ごろ昼食にでているはず。大きな看板が頭に落ちてきたりしていないでしょうね。

帰る時間をずいぶん過ぎているのに連絡がない。駅のプラットホームから見知らぬ人に突き落とされたんじゃないでしょうね。

日を過ごすふとした一瞬に、そのようなことを思う。好きで好きで好きでしかたがないものが何かの力によって損なわれることを心配するのである。その時、男自身の身になって心配するのだか、自分のために心配するのだかは、判然としない。そしてまた、損なわれることが嫌なのかまたはいっそのこと反対に完全に損なわれて不安から解放されるのをひそかに待っているのかということも、判然としない。曖昧模糊《あいまいもこ》のものである。

アオを殺してしまわないかと心配する時には、純粋にアオの身になって心配する。というよりも、アオの身とわたしの身は、ほとんど同一のものなのだった。なぜならばアオの体をかたちづくる細胞その他の組織は、その時点では、すべてわたしの体の細胞その他の組織を経た物質からつくり出されたものだからである。

アオの身はすべてわたしを経たものからできあがっている。

アオはわたし自身の組成ときれいにぴったり重なっている。より正確にいうなら、わたしという全体集合Iにアオという部分集合Pは内包されている。

比喩《ひゆ》的にではなく実際にアオはわたしの一部なのである。なぜならば生まれてからまだアオはわたしの分泌する乳以外のものを口にしたことがないからである。粉ミルクは与えていない。みかんジュースや湯ざましなどを与えるのは生後三ヵ月くらいからでよい。『育児の百科』もそう言っている。

純粋に、わたし仕様のアオ。

わたしという株からわかれでて形をとった別の小さなわたし。それがわたしのアオに対する認識なのである。

アオの中には俺の遺伝子が半分。だからアオは俺のこともちゃんとあらわしているのだ。アオの遺伝子提供者である男が思ってもいいはずだということは承知している。けれど男はどうやらそのように思っていない模様なのである。この小さなよくわめく柔らかなしろものはいったい何。俺のコドモ？ 俺のコドモなのね。そうなのね。でもほんとなの？

絶対に絶対にほんとうと誰が保証してくれるの？

疑心暗鬼である。

疑心暗鬼の内訳は、次の通り。自分が真の遺伝子提供者かどうかという初歩的な疑いが三パーセント。突然あらわれた質量をもつしろものにただとまどっているが七十六パーセント。そのしろものを上手に扱えなくて困惑するが五パーセント。仕事が忙しいのにそのしろものが毎晩わめいて寝不足をひきおこすことへの無意識の恨みが九パーセント。しばらくツマとセックスができない恨みが四パーセント。そのしろものによってひきおこされた根源的な存在の不安が二十三パーセント。全部を合計すると百パーセントを超えてしまうくらいなのである。

アオはわたしのものである。隅から隅まで。この世にでてきてから三ヵ月くらいまでの間は少なくとも。つまりはわたしのわたし自身に対する自己愛と自己嫌悪《けんお》がぜんぶ入り混じってごたくちゃになって目の前にある、それがアオなのである。

(殺してしまったらどうしよう)

は、

(殺してしまいたい)

(絶対に殺したくない)

その両方の強いこころもちを、汁がしたたるほどにたっぷりとふくむものなのである。


突然アオがわたしではなくなった。

それというのも『育児の百科』の命にしたがってみかんジュースを飲ませたからである。おふろあがりにみかんをしぼったものをやってみましょう。必ずしも栄養的に必要なものではありませんが、ものを味わうよろこびを赤ちゃんにも与えてやりましょう。

アオはみかんジュースを好まなかった。けれど『育児の百科』の命令なのでしかたがないのだ。誰の意見よりもマツダミチオの言うことをわたしはきく。アオはのけぞってみかんジュースの入った小さな哺乳瓶《ほにゅうびん》を避けた。無理に口におしこむと小さな舌でもって押し出した。乳首をもとめてわあわあわめいた。しかたなく乳首をふくませると、ものすごい勢いで吸った。

アオが乳を吸うとおっぱい全体はたるんとしぼむ。しぼんだおっぱいはそれまでさわったものの中でいちばん柔らかい物体であった。次の授乳の時までにおっぱいは次第に硬くなってゆく。小さかったのがどんどん大きくなる。ふくらむ。はりつめる。勃起《ぼっき》しつつある陰茎のふうである。すっかり張りつめるとアオが吸う。吸わないでまだしばらくそのままにしていると張りは極限まで達し、ひどく痛む。アオが熱をだしてあまり乳を吸えなくなると、非常に困る。自分でしぼりだしてみても、アオが吸うようにはまるでゆかない。オットに吸ってもらおうとしても、オットは吸いかたを忘れてしまっていてものの役に立たない。口いっぱいに乳首をほおばり、頬をへこませてちゅうちゅうちゅうちゅうと効率よく吸うアオ。もっと力入れて。オットを叱咤《しった》する。昔はオットとて乳を吸っていたろうに。すでに忘れて久しい技術なのである。女の乳の中味を吸うかわりに、女の乳首を舌先でころがしたりなぜたりつついたり微妙かつ繊細にふれたりする、そのような技術にとってかわられた太古の技術なのである。

乳を吸われるのは快感である。セックスの快感とは異なる快感。体に溜《た》まったものを吸い出してもらうという快感。ヒルに悪い血を吸わせるという民間療法があるがそれと同じかもしらん。やったことがないからわからないが。排泄《はいせつ》の快感と少しだけ似ている。排泄は自分でおこなう。乳はアオが吸ってくれる。その違いはあるが。排泄物を与えてニンゲンを育てるわけである。神話の世界（©日本）だ。

乳ではないものを飲みはじめ、やがて粥《かゆ》やつぶした野菜やどろどろに煮こんだうどんを口にするようになり、アオはわたしの部分集合ではなくなってゆく。かわりに、わたしとアオは重なりの多い和集合PとQへと変化してゆくのである。

アオはわたしと同一のしろものではなくなり、アオオリジナルとなりはじめた。うんちがくさくなった。乳だけを飲んでいた時にはごはんを炊《た》くにおいまたはホットカルピスめいたすっぱいにおいだったのに。どうぶつのにおいが混じるようになった。

菜食主義の家のコドモならばどうぶつのにおいは混じらないのだろうか。などというやくたいもないことを考えたりもした。どうぶつのにおいになって嫌というのではないけれど、つまらなくはあった。

アオの首がすわった。首のすわらないコドモは首がぐらぐらしていて面白い。自分で頭をささえることができないのである。ぐらぐらした首を腕でささえてやり、ぐったりと抱かれているのをみるとその可愛《かわい》さにじたばたしてしまう。母性愛ではない。言っておくけれど母性愛などというものを感じたことは金輪際ない。アオが腹の内にいるとわかったあの時からアオが長じた今現在まで、一回もない。母性愛ではなくただの愛である。愛という言葉が曖昧だというなら、執着である。「母性愛ちゃん」を毛嫌いすることもまあないかとも思うのだが、そのネーミングのセンスが気にくわない。だから否定する。否定はたいがいは単純な「気にくわん」から発生するものである。

アオはますます乳吸いに長《た》けてきた。すわった首をしっかりともたげ、攻め入るように乳を吸う。粥よりもくたくたうどんよりも白身魚よりも、乳が好きなのである。そんなにうまいものかと乳首ににじんだ乳を指にすくって舐《な》めてみる。うすあまい。うすすぎると思うが、濃いものだったなら乳だけを飲んで暮らすことは不可能だったろう。クリームをたてつづけに飲むようなことになってしまったろう。

（いつか殺してしまったらどうしよう）

という危惧《きぐ》はだいぶんおさまってきていた。危惧ではなく期待だったか。どちらだったかもはっきり思い出せなくなっている。

この時期である。アオを可愛いと思わなくてはという強迫観念がきざしたのは。アオは可愛い。あたりまえである。可愛いものとしてコドモはかたちづくられている。パーツが下半分に集中している顔の造形を、どうぶつは「可愛い」と思うのである。という実験を、チンパンジーでもって証明した論文もあるくらいだ。

何も考えないでアオを見ると、可愛いと思う。可愛い。可愛い。可愛い。可愛い。何回も思ううちに、わからなくなってくる。このしろものは、ほんとうに可愛いのか？　このしろものをわたしは好いているのか？　このしろものをわたしは熱烈に愛しているのか？

考えるようになってしまったのである。アカシを腹の中で育てていた何も考えないでしあわせいっぱいだった頃は大昔である。

考えはじめたら、わたしの中に「私」が戻ってきた。怪しいイカモノの「私」。

騙りのようなことをすぐに言いだす「私」。

わめいてばかりいるアオが可愛いなんて愛してるなんてほんとのことなのかい。

「私」がひそひそと耳もとでささやく。誘惑する。神話の世界（©西欧）だ。


一人に戻りたい。

ものすごい勢いで思うようになった。

アオというもの。わたしだったもの。でももうわたしではなくなりつつあるもの。

それなのに依然としてわたしとの共通部分P∩Qを大きくもつもの。

一度この世に存在してしまったアオは、順当にゆけばわたしよりも長くこの世に存在する。つまりわたしが生きている間アオがいなくなることはないのである。

まいった。知らなかった。考えようとしなかった。考えなかったのはばかだったけれどそれにしてもまいった。

取り返しがつかない、というのはこのようなことをいうのである。おそらくアオとわたしの共通部分P∩Qは、年々小さくなってゆくことだろう。体は大きく育ち、わたしの知らない時間を過ごし、知らないヒトたちと知り合い、知らないヒトたちと関係をつくり、どんどんどんどん小さくなってゆくことだろう。

それでもアオとわたしの共通部分は消えない。決して消えない。具体的には「いやなわたしの性癖」「わたしの欠点」「わたしのとりえ」「わたしの好む食べ物」「わたしの困った酒癖」「わたしの体臭」などというものの一部が、アオにも必ずうきでてくるに違いないのだ。

他人の中に自分と似た部分をみつけるのは楽しい。または少し不快である。どちらも同じことだ。気楽だから「楽しい」「ちょっと不快」などと半端《はんぱ》なことを言っていられる。

アオの中に自分との共通部分をみつけるのは、苦《にが》いことである。なぜならば、わたしはわたしのことを愛すると同時に嫌っているからだ。自己愛と自己嫌悪。わかりやすい。アオがいると、長じて年とって次第に薄くなってきた自己愛や自己嫌悪の情を、ふたたび確認させられるようなふうになる。

こうなったらセックスだ。

困った時のセックスだのみ。逃避したい時のセックスだのみ。

と思ったが、アオを生んで育ててのことごとがあまりに強烈なので、セックスはごく平常なよろこびになってしまっている。からすみを食べる、とか。車庫入れがとても上手にできる、とか。可憐《かれん》な犬をなでる、とか。空がとっても青くてきれい、とか。そのようなこととセックスとはすべて同じほどの嬉《うれ》しいこととなってしまった。主観の問題。とヒトは言うかもしれないが、それよりももしかするとホルモンの問題、なのかもしらん。妊娠中に多幸であったのと同じく、乳がでている間はセックスを特別視しなくなる。

あいかわらずどうぶつである。

どうぶつであるけれど、以前よりもわたしの中にある「私」などというものがのさばっている。せっかくどうぶつとなっているのなら、どうぶつになりきらせてほしい。アオがほんとうに可愛いのかとか自己がどうのとか、そういうしちめんどくさいことは考えさせないでほしい。

こうなったら次のコドモか。

次々にコドモを腹にかかえればあのしあわせなこころもちがずっと続く。

でも次のコドモができたなら、さらに一人に戻りがたくなるのだ。依存を続けるか。依存からたちなおってこの足でしっかりと立つのか。そもそもコドモは依存性物質なのか。

アオはとても可愛い。可愛くて可愛くて可愛くて気が狂いそうだ。気が狂うことは実際にはなくて、離乳食も順調に進んでいるし毎日アオを清潔に保っているしわたしの愛を受けてたつアオの情緒の発達も良好。

けれど毎日はくるおしい。体がはみでてしまう。わたしというものから。「私」というものから。何がなんだかわからない毎日なのである。

アオは寝返りをした。そのうちにはいずるようになった。つかまりだちもする。歩く。走る。言葉めいたものを口にする。言葉を喋《しゃべ》る。意思をあらわすすべをどんどん身につける。乳をせがむのも言葉でおこなうようになる。わめくのではなく言葉を使う。まだ言葉に慣れていないので最後はまたわめく。いざという時のわめきだのみである。

わたしはアオに飽きた。いつも飽きているわけではない。でもときどきものすごく飽きている。それは慣れたということよ。恋愛に長けたニンゲンならば言うかもしれない。ドンファンならばここでアオを捨てて次の獲物を狙《ねら》いにゆくところだ。

光源氏ならばアオを手の内に置いたまま獲物を狙いにゆくところだ。

　アオを捨てたいと思っている。正直に話しているのである。責めないでほしい。アオは重い。物理的な意味である。十キロの米の袋よりも重いのである。自分で歩きもするけれどすぐに抱きあげろと強要する。筋肉がまだ未発達なのである。鍛えることもできない。幼児向けの筋トレメニューなど、どこにも示されていない。『育児の百科』にもだ。

　アオに飽きたのでオットのことがまた少し好きになった。現金とはこのことである。アオは男なのでまちがいやすいが、アオとわたしの間にはエディプスコンプレックス的なものはない。少なくともこの段階では。性的な感情はわたしとアオの間にはない。と言っておきながら、わからなくなってくる。性的な感情とは何ぞや。セックスをするということだけが性的な感情を喚起するのではありませんよ。「私」がまた耳もとでささやく。

　アオがニンゲンになってきた。ただのしろものだったのに。紫色でみにくくて猿みたいなとヒトはよく表現するけれどそれは猿に申し訳ないくらい妙なしろものだったのに。ニンゲンカンケイの苦手なわたしだのにどうしてアオを生んでしまったたのか。嫌いなニンゲンカンケイだけれど、コドモというものに対しては避けようがない。

捨てることはできない。コドモを捨てることは。たとえどこか遠くの川に捨ててきてもコドモは実在してしまう。殺さないかぎり。殺してもやはり実在する。「私」の意識の中に。

それならば支配してやろうか。

支配するニンゲンカンケイというものをまだ体験したことがなかった。ここはひとつアオでもって体験してみるか。邪悪なココロがきざしたのである。

そして支配した。支配から抜け出された。また支配した。また抜け出された。また支配した。また抜け出された。千回以上の繰り返しがあった。

すでに支配などというかんたんなかたちではあらわせなくなっていた。からみつくカンケイである。アオは最初の誕生日をむかえ二回目三回目五回目十回目十五回目の誕生日をつぎつぎむかえていった。

捨てたいと思っていたアオに、何回も捨てられた。乳を吸われる快感は忘れた。

どうぶつではなくなって、また元の、「私」でいっぱいのわたしに戻った。すると恋愛などというものもしてしまう。恋愛の片手間にアオとの確執がある。またはアオとの確執の片手間に恋愛をする。どちらでも好きな方に○をせよ。主観の問題である。すでにホルモン自律神経恒常性は関係なくなっている。ただの「私」の問題となっている。つまらない。せっかくどうぶつだったのに。どうぶつであれる期間は短い。恋愛をすればちょっとはどうぶつになれるけれどそれでもコドモを生んだころのようなどうぶつ性の濃いどうぶつにはなれない。

アオとの関係はアオが長じた今も神話（©日本及び世界全般）の様相をおびる。そういうものらしい。つきつめられたニンゲンカンケイというものは。ニンゲンカンケイが苦手なのにつきつめたニンゲンカンケイを持つことのできたことを幸福というべきか不幸というべきかそのような二元的な言い方はばかげているか、まあそれはどうでもよい。

アオはどうやらこのごろはセックスをおこなっているもようである。ざまあみろである。そのうちにとてもやわらかくて垢《あか》がたまりやすくて熱くてよくわめく、紫色でみにくいしろものを、アオが愛した女が生むかもしらん。疑心暗鬼になるがいいアオよ。かわいそうに。アオよ可愛いアオよ。アオはわたしと面ざしが似ている。（いつか殺してしまったらどうしよう）と、いつの間にかアオの方こそがわたしに対して危惧《きぐ》するようになっているのである。神話はつづく。

ignis

何回すれちがっても、みわけがつかない。

小さな犬のようにみえる。ほえるし、はねる。でも犬ではないのかもしれない。

茶畑の中をひとすじに通るこの道を、三時間ほどかけてわたしたちは歩く。

最初にこの道を知ったのは、青木だ。人づてに知ったのだと青木は言った。さぞこみあっているだろうと思って来てみたが、誰もいなかった。たくさんの人が行き来してるはずなんだけどね。青木は首をかしげた。道はぬれていた。茶畑はあおあおとしている。茶畑の真ん中に立った風車は、ゆるくまわっている。

もう三十回は、この道を歩いた。

歩きに来るのは一年に一度ほどのことだが、かなわない時もある。

青木の勤めていたデパートが潰《つぶ》れてから三年間ほどは、来ることができなかった。犬は、どうしてるんだろう。

面白みの一つもないような道だったから、行けなくとも気にならなかったが、犬のことだけはときどき思い出した。

あれは、犬だったのか。

青木は聞き返した。犬じゃないかもしれないね。やたらにまぶしく光ってたし。すぐにうやむやになって、話は終わった。

青木が勤めていたのは、三階建てのデパートだった。一階には靴と野菜と肉と魚とハンドバッグを売っていた。二階には布団《ふとん》と農具、三階は服と玩具《おもちゃ》と文房具だった。屋上への階段脇《わき》に、本と雑誌の棚が一つだけあった。

青木は二階の売り場にいた。潰れる前は、一日にお客は五人も来なかったという。国道沿いに大きなショッピングセンターができて以来、町の人たちは車でそこに乗りつけるようになった。ショッピングセンターの駐車場の前には車の列ができ、店内は赤ん坊を連れた若夫婦やジャージを着こんだ家族づれでごったがえしているのに、駅から歩いてたった五分のデパートのほうは、人影がひどくうすかった。

青木は職を失ってから、しばらくパチンコばかりしていた。出る日もあるし、出ない日もあった。出た日は、近くのやきとり屋で待ち合わせ、串《くし》を数本と煮込みを食べ、ホッピーを何杯か飲んだ。青木はお酒が弱いので、わたしの方がたくさん飲んだ。わたしはまた店に出ようかと思ったけれど、青木に止められた。

小さい町だから、面倒だ。

青木はそんなふうに言った。

「クラブ・病院」という妙な名の店が、町でいちばん大きな店だった。なるほど小さな町だから面倒もあるかと、やめた。市場の肉屋の売り子をして、青木が無職の期間をすごした。臓物を買うお客がこのあたりには多いのに、驚いた。どうやって食べるんですか。店の主人に聞いてみた。焼いて食べるか、煮るかだね。主人はかんたんに答えた。買って帰り、煮てみたが、くさくて食べられたしろものではなかった。青木は、一口めで吐きだした。

失敗を肉屋の主人に言うと、始末の仕方がよくなかったのだと教えてくれた。三年たったころに青木は新しい職についた。種苗《しゅびょう》の会社だった。作業服を着て、毎日青木は会社まで自転車で通うようになった。

まだ青木がデパートに勤めていたころ、三階から屋上に行く階段のところにある本の棚の前で、いつもこっそりと立ち読みをしていた。何年も棚ざらしになっている本ばかりで、背表紙は日に焼けていた。

いちど青木に見つかった。

こんなとこで何してんの。青木は聞いた。何って、本読んでる。字、読むんだ。青木は驚いたような顔をした。

青木とは千葉の店で知り合った。毎週水曜日に来るお客だった。最初のうちはいろいろな子を指名していたけれど、途中からわたし一人を指名するようになった。デパートに勤めているという話は、指名されはじめてから一年めくらいに聞いたような気がする。

デパートって、すごいね。あいづちというのでもなく言うと、青木は可笑《おか》しそうな顔をした。大丸とかそごうとか、そういう立派なもんじゃないから。

デパートという名の、大きなよろず屋だった。青木は小さいころ年に二回の「おでかけ」で連れて来てもらったという。まだその当時はあった屋上の小さな遊園であそび、たぬきうどんを食べるのが楽しみだった。「クラブ・病院」は、青木が十代のころにできた。女のいる店に行ってみたかったけれど、親の代の知り合いに会うと気まずいので、千葉の店まで電車で二時間かけて通った。

青木の両親は青木が三十を過ぎたころ亡《な》くなった。その後すぐわたしと住みはじめた。町には青木の知り合いが少なくなっていた。死ぬか、出てゆくかして、みんないなくなる。親類も減った。兼業でどの家もつくっていた畑も田も、荒れた。

住みはじめてすぐのころの誕生日に、青木がデパートの棚にあった本を買ってきてくれたことがある。頭を下げて受け取った。表紙がめくれて、頁《ページ》がかたくなっていた。

青木は眉《まゆ》がうすい。ひらいた頭の鉢に、髪もうすい。する時はていねいだ。最初のうちはわたしが先にたったが、そのうちに青木が導くかたちになった。

青木にもらった本を読んでは寝入り、起きてはまた読んだ。肉屋で働く前は、内職をしていた。人形つくりの内職だ。親指ほどの大きさの人形を、一時間に十体ほど。いそしまずに寝てばかりいたので、たいした金額にはならなかった。夕飯は青木が買ってきた野菜や魚を料理した。青木は同じものばかり買ってくるので、同じものばかりになる。ほうれんそうのおひたしに、焼き魚。煮魚はうまくできない。あとはきゅうりに味噌《みそ》をつけて食べるか、山芋をたたいて青海苔《あおのり》としょうゆをかけたもの。

青木はときどき外で女を買っているようだった。買うのではなく、普通につきあっているのかもしれなかった。

その道に行くときは、いつも晴れている。

どうしてわたしと住んでるの。いつもならば聞かないようなことを、道を歩いている時だけはぽろりと聞いてしまう。

一人じゃ淋《さび》しいけん。でたらめななまりをわざと使って、青木は答える。

道の途中に寺がある。人けのない場所だ。青木は必ずその寺に参る。手をあわせて何かを祈る。裏手には墓地がある。毎年少しずつ墓が増える。坊主《ぼうず》まる儲《もう》け。青木はつぶやく。墓の横にある板のようなものに、たくさんの戒名が彫ってある。子供のものらしき戒名には、どれもきれいな響きの文字が使われている。

青木との間に、一度子供ができたことがあった。結婚しようと青木は言った。四ヵ月を少し過ぎた時に流産した。そのまま結婚は沙汰《さた》やみになった。

墓地で、青木はわたしにくちづけをする。部屋でも、している時にも、あまりしないのに。道を歩くとき、青木はやさしい。ころびそうになると、ささえてくれる。疲れると、一緒にじべたに座る。ほんの時たま、道で人とすれちがう。人はよく光っている。あの犬のようなものと同じくらい、光っている。まぶしくて、顔や背格好は、ほとんどみえない。

町にはギターの流しがいた。

いつも青木と行くやきとり屋にまわってくるのは、火曜日だった。青木は曲を頼まなかったけれど、店の主人は時々にぎやかしに五木ひろしを頼んだ。流しが弾くのは「待っている女」か「よこはま・たそがれ」だった。

流しが帰るところに行き合ったことがある。店の中で見るよりも、背が低くみえた。ギターケースをさげ、夜道を歩いていた。急に立ち止まり、ふところから何かを取り出した。数えている。札らしかった。

ひい、ふう、みい。

流しはていねいに数えてから、札をしまった。体を少しゆすり、鼻唄《はなうた》をうたいはじめた。知らない歌だった。

途中まで一緒だったけれど、手前の道で流しは左におれた。青木の部屋は右である。流しについていってしまいたくなった。ついていった。流しの部屋はよく片づいていた。知ってるよ、あんた。流しは言った。そそくさとおこなった。

やきとり屋には、なるべく火曜日には行かないようにした。青木に理由を言えないので、たまに火曜日の流しに行き合ってしまうことがあった。流しは何も言わなかった。こちらを見ようともしなかった。

流しはそのうちに違う土地に移っていったらしかった。四国に娘がいるんだって話だよ。やきとり屋の主人が言っていた。流しとは、一年ほどつづいたのだ。好きになりたいと思ったのだ。流しは、やさしかった。

花が咲いている。崖《がけ》の下に、いくらでも咲いている。

道が終わるあたりは崖になっているのだ。それまでは平坦《へいたん》だったところが、急に傾斜地となり、崖に沿って道はくだる。勾配《こうばい》がひどくきつい。

家が何軒か建っている。集落だ。人の出入りはない。それでも今も人が住んでいることはわかる。小さな畑があるし、畑の隅に植えてある立葵《たちあおい》の葉はあおあおとしている。車は古い型のものばかりだ。ダットサンやスバル。

犬がきた。犬ではないかもしれない。

すれちがいざま、じっとこちらを見る。光ってよくみえない中に、眼だけが黒くうきあがる。大きな黒い眼だ。ほえた。

青木が笑った。澄んだ笑い声だ。いつもはもっとくぐもっている。おまえ、あの男と、あったろう。笑いのつづきのように聞く。

あの男。ぼんやりわたしは繰り返す。ギターの流しのことを言われているのか、それとももっと昔、まだ青木とは住んでいなかったころ、千葉の店にいたころのことを言われているのか。

道はよく光るので、すぐに口数がすくなくなってしまう。青木はもう聞かなかった。青木の手を強くにぎった。

青木が年をとったと思うことがある。

寝息が、そそけている。会ったばかりのころは、勢いのあるいびきをかいた。荒く満ちた息をはいたりすったりしながら、寝いっていた。

じっと見ていると、かけた布団の肩のへんが上下している。長く狭く横たわっている、その全体は一本の木材のようだ。

この男を、わたしは全然知らない。

見ながら、思う。

日本海ぞいの小さな宿に泊まったことがある。金網の中に鶏を飼っていた。青木は鶏をじっと見ていた。狐《きつね》が血をすうんだ。青木は言った。金網を深く地面にうめて、狐が掘って入りこまないようにしなきゃだめだ。

鶏がさわいだ。青木の声に驚いたのだ。狐だけじゃない、野犬もイタチもみんな鶏をねらってるからな。

夜中、鶏がまたさわいだ。昼よりもさらに大きな鳴き声をあげている。しばらくしてから大きな物音がした。窓をあけて見ると、人影が動きまわっているのがみえた。

狐が血をすったあとの死んだ鶏は、ぞっとするほどきれいなんだ。肝や肉は食わない。血だけすう。

青木はうっとりと言った。鶏が静まってから、青木は手を伸ばしてきた。応《こた》えているうちに、わたしも激しくなっていった。


千葉の店の前は、神田の店にいた。その前は、学校に通っていた。海ぞいにあるこの町の高校の校舎の前を、ときどき通る。すぐそばに魚の直売所があるからだ。青木が種苗の会社に勤めはじめてからは、自分で買い物に出るようになった。

校舎を見ると、昔のことを少しだけ思いだす。

授業中は、いつも窓の外を眺めていた。四階建ての三階に教室はあった。遠くに富士山がみえる日には、目の奥が痛んだ。

教科書を入れた学生鞄《かばん》を床に置いて、一つ年上の先輩とだきあった。名では呼ばなかった。先輩、と呼んだ。だから今では名が不確かだ。窪田《くぼた》だったか、窪山だったか。先輩もわたしもしてみたくてたまらなかった。ただの好奇心だと思っていたのに、してみると先輩から離れるのがこころぼそくなった。いつも先輩の後を追った。

先輩は事故で死んだ。結婚しようと言いあっていた。結婚という言葉は知っていたが、結婚がどういうものだかはむろん知らなかった。今も知らない。ただ一緒にいたい男女が一緒にいるための手段だと思っていた。

強い力でなぐられたようだった。

なぐられて、気を失って、また気がつくとなぐられている。葬式に行くと、みんなが泣いていた。制服を着てハンカチを持ってあるいはにぎりこぶしで目をぬぐいながら、長々と泣いていた。なぐられて疲れきっていたので、泣かなかった。

翌日の授業中に見た窓の外の景色は、いやにきれいだった。きれいだと思ったとたんに、全然きれいではなくなった。机の横にかけてある鞄が鳴った。知らずに体をゆすっていたのだった。叫びたいと思ったが、叫べなかった。風が窓からふきこんでいた。

死ぬことはめったにないことだと思っていたのに、人はよく死ぬのだった。両親も死んだし、祖父母も死んだ。同級生の弟も、学校の担任の先生も。店のお客は五人、店の子は三人。

死んだとたんにぽっかりと隙間《すきま》ができるのではなく、何年もしてからはじめて隙間や穴になる。その時が、いちばんいやだ。悲しいとか、くやしいとか、むなしいとか、そういうものではない、ただ何もないような、そんな隙間になるのが、いやでこわい。

なにごとにも縁の薄い子だと言われたことがある。占いをする女に言われたのである。唾《つば》をはきたくなって、はいた。女はびくっとした。縁なんてもんは自分でつくってやる。女に毒づいた。自分でつくれないものを縁って言うんです。女は言い返した。

床についた唾をぬれぞうきんでぬぐった。腰をかがめているさまを、占いの女が上から見ていた。ばかみたいで、笑えた。占いの女も笑った。死ね、と胸の内で呪《のろ》ってやった。

女は店が開く前にときおりやってくるのだった。占いは職業ではない。レンタル会社の社員だった。そのうちにときどき飲みにゆくようになった。女はからみ上戸《じょうご》だった。

先輩の話を一度したら、女はまたからんだ。その人と結婚できていたらあなたには三人子供がうまれていたはずよ。女が言ったとたんに、女をなぐっていた。以来一度も正面からは顔をあわせなかった。女が嫌いだったということでもない。知らないくせにと思ったのである。

ほんとうは、わたしだって知らなかったのだ。先輩のことも、そのころの自分自身のことも。何も知らないまま、今にいたっている。

なつかしく思うことがある。

昔、男がいた。男がずっと追いかけている女がいたが、女には恋人がいたのでなかなかうまく手が出せなかった。男は女がほしくてたまらなかった。手をつくして最後には女を連れだした。ホテルに入った。部屋に入ってからも、女は窓の外ばかり見ていた。あれは何、と女は言った。窓の桟に雨露が凝《こご》っていた。なんだかおいしそうな食べ物みたいにみえる。女はつぶやいた。女のそのようなふわふわしたところを男は好いていた。そのうちに雨が激しくなり雷も鳴りはじめた。女がおびえたので男はカーテンを閉め風呂《ふろ》に湯をはり、女を入れた。ベッドの上で待っていたが女は浴室から出てこなかった。ずいぶんたったので見にいったら、女はいなくなっていた。恋人の手引きで浴室の窓から抜けだしたのである。男は鬼の形相になって女とその恋人を追いかけた。でも追いつけなかった。

女がわたしで、鬼の形相の男が神田の店のお客だった男だ。恋人とはその少し前からいろいろあった。恋人はすでにわたしに飽きていたはずだったが、ほかの男が夢中になると、惜しくなったのだろう。ホテルにわたしを連れこんで鬼の形相になった男の、その憤怒《ふんぬ》の顔は寺門にある仁王の顔にも似た気高い表情だった。浴室から抜けだして共に手をつないで逃げた恋人とわたしも、鬼の顔をしていたはずだ。もっと手の低い職人のつくった鬼である。

男やわたしや鬼の形相の男の体からたちのぼる、蒸気のような、匂《にお》いのかたまりのような、そういうもの。それがなつかしいのである。鬼はたくさんいる。道の途中にもときどきいる。光っている。雨露は消え、道はただ薄くぬれている。

道の半ばほどで、いつも休む。昼はたいがい、乗ってきた電車の駅でそばを食べておく。道半ばのあたりは午後の半ばでもある。

眠い。歩いてきた疲れと、日をたくさん受けた疲れと、胃の腑《ふ》の内のものの消化が終わろうとしている疲れがぜんぶいっぺんにやってくる。

ねえほかの女と会ってるの。青木に聞く。道にいるから聞くのである。部屋では聞かない。

今はあんまり。でもときどき。部屋では答えまいに、道にいるので青木もそのまま答える。

嫉妬《しっと》がやってくる。青木が憎い。青木よりも女はもっと憎い。憎さがきわまって青木の体のどこかを突きたくなる。目や、鼻や、性器や、てのひらや、致命傷にはならないが、傷を負わせやすい無防備なところを。女には触れたくない。だから女は突かない。

突いて血を流させてなめてとって手当てしてくるんでやるのだ。柔らかな羽根のような絹のようななめらかなもので青木をそっと包んでやるのだ。

眠いね。憎しみをいだきながら、やわらかな声で言う。ほんとうに眠い。憎しみは体を疲れさせる。青木はもう眠っている。青木もわたしを憎んでいるのか。ずっと暮らせば必ず憎しみはうまれる。わたしも眠る。青木の体にもたれる。突かない。この体は突かない。突けない。行かないで。青木にしがみつく。起きるとまだ午後だ。もう憎くない。うすまっている。憎しみがうすまると、腹がへる。靴紐《くつひも》をむすびなおし、ふたたび歩きはじめる。

なつかしく思うことは、ほかにもある。

昔、男と女がいた。浮気ごころのない二人だったのに、何を思ったか女の方が離れていってしまった。女は書きつけを残した。世間さまは出ていったあたしを責めるだろうけれど、あたしたちの事情はあたしたちしか知らないことだよね。男にはその「事情」に思い当たるふしがなかった。ぜんぜん合点《がてん》がいかなかった。それからずっと、男は女を忘れられなかった。いくばくかの時間がたってから、女から手紙がきた。あたしのこと、忘れた？　忘れないでほしいな。男は返事をだした。おまえはおれのことを忘れようとしているか？　そうであってほしい。忘れようと意識しているということは、忘れられないということなのだから。理屈じみた返事である。

男と女はよりを戻した。その男は青木ではない。千葉の店の時に、少しあれこれあった男だ。女はわたしではない。だからこれは男から後になって聞いた話だ。よりは戻ったが、もう男は女を信じることができなくなっていた。信じることができないと、そりゃあこわいもんなんだな。男は愚痴を言った。愚痴を言うために、わたしを誘うのだった。忙しいので店に来てくれといって、同伴にしてもらい、夕飯を食べながら愚痴をきいた。

結局最後には男と女は別れた。信じていないとずっと一緒にいることはできないという、その心もちがなつかしいのである。青木とは長い。三十年よりもっと長く一緒である。信じる信じないということ自体が、どうでもよくなっている。それは信じてるからだよ。信じてない時にはかえって、信じたり信じなかったりってことの重さが身に迫ってくるもんだ。男ならば言いそうだ。理屈じみた男だった。男はその後ほかの女と結婚した。女もちがう男と結婚した。結婚後もしばらくは会っているようだったが、やがてほんとうに疎遠《そえん》になっていった。今あの男が信じる信じないということについて何を思っているかを聞いてみたいものだ。

道は長い。目覚めて道のつづきを歩いているうちに、時間がわからなくなる。犬が向こうからやってくる。しゃがんで、頭を撫《な》でる。犬にゆきあうと、胸がいっぱいになる。いつか同じことがあった。青木は立って見ている。青木の体はずいぶん縮んだ。

犬はほえかかるだけではない。一度だけ、飛びかかられたことがある。するどい爪《つめ》で肌を裂かれた。わたしだけではなく青木の肌も犬は裂いた。わたしと青木の眠りが深くてどうやっても覚めなかったからである。

そんなに深い眠りにつくほどの疲れだった。もうわたしを刺すのに残っている場所はなかった。体じゅうを深い傷がおおっていた。流れる血ももうわずかしか残っていなかった。すべて青木が刺したのだった。青木の体にもわたしが負わせた無数の傷があった。絶え間なく血が流れていた。傷をつくるほどの一振りを終えるたびに力がなくなっていった。それでも次々に傷を負わせた。憎いのだった。

青木の体を刺すと、自分の体にも同じほどか、さらに深い傷ができるのが、不思議だった。反対に青木がわたしを刺しても、青木の体に同じほどの傷ができる。不思議でもなんでもない。相手を刺しているつもりが実は自分を刺しているのだから。

二人だけでいることがいけないのだろうかと思った。あの子供が生まれていれば。四ヵ月で流産したあの子供が。関係ないと青木は言い放った。その瞬間青木をさらに憎んだ。男などにわかるわけがないと言いながらまた青木を刺した。青木がうめき声をあげた。うめき声をあげているのは青木ではなくわたしだった。青木がわたしを責めないというそのことがわたしを刺す。青木の全身が血にまみれている。よく光っている。眠い。どうしてこんなに青木が憎いのだろう。憎いと思うくらい執着があるんだな。昔あれこれあった男、女を信じられなくなったあの男ならば、言うに違いない。青木を刺す。刺して刺して刺して刺しまくる。血は流れつくし、ついには目を閉じる。眠る。閉じたまぶた越しにまぶしさを感じる。犬だ。犬ではないかもしれない、けれど犬に似たものだ。犬が爪でわたしたちの肌を裂き、その痛みで目を覚まさせる。覚めてみると互いにつけあった傷はもうふさがっている。ただ傷口だけがいくつもいくつも肌に残り、光をはなっている。

なつかしく思うことが、まだある。

昔、男がいた。男は女で失敗して、都落ちした。一人ではこころぼそかったので、ほかにも男を二人誘った。男は青木ではない。置いてゆかれた女もわたしではない。男に誘われてついていった二人の男のうちの一人が、わたしが千葉の店にいた時にいつも指名してくれたお得意なのだった。

女で失敗した男は中小企業の経営者で、ついていったあとの二人は、コンピューター関係の会社を起こした男と、その男ではないほかの男が起こしたコンピューター関係の会社のためにそれまで勤めていた大手企業を辞めて共同経営者になった男だった。それぞれに野心はあったのだが、不況でついえた。起こした会社はどれも倒産した。女で失敗したのは一人だったが、どの男も何かしらのことで失敗したのだった。

都落ちした先のシャッター商店街の中でかろうじてまだ開いている酒場でつまみをつついては、男は女を恋しく思う気持ちを訴えた。どの男も気力がおとろえていたので、身につまされるような気がして泣き上戸の酒になり、しまいには三人でおいおい泣いてつまみをぬらし、店の者にいやがられた。

都落ちする途中に、たしかわたしと青木がいつも歩くこの道を、三人の男たちも歩いたと聞く。千葉の店のお得意だった、女で失敗した男に誘われてついていったそのお得意から、手紙が来たのだ。恋人というわけでもなかったのに、女で失敗した男の愚痴に刺激されたのだろう、自分もわたしのことがひどく恋しいような気分になったらしい。今おれは東から西へ西から東へと長くつらなる街道を歩いている。おまえは無事でいるか。目の前をユリカモメがとんでいる。さびしい景色だ。いやなことはないか。助けになれなくて申し訳ないが、いつも思っている。そんな甘い文章だった。男は離れている女のことは恋しがる。近くにいる女には飽きる。千年以上前の世から、変わらない。この道をいったいどのくらいたくさんの者が歩いたのだろう。なつかしいのは、男たちの弱さだ。青木とわたしが歩くのは道のごく一部で、道は東から西、西から東へとはるかに長くつらなっている。

うなぎをまだ食べていないと青木が言った。

この道の通っているあたりは、うなぎの養殖がさかんだ。すっぽんも。養殖池のうなぎに餌《えさ》をやるところを見たことがある。まだ池に投げ入れられていない餌のかたまりに向かって、何十匹ものうなぎが、からまりあいながら水面におどり出てくる。うなぎが別のうなぎの上に乗り、さらにまたその上に乗り、うなぎの塔ができる。何十匹ものうなぎのらせんでできた塔。塔の先端にいるうなぎが、かっと口をあける。餌が水に沈むと、うなぎのらせんも餌をおいかけて沈む。次の餌が水に近づく。すぐに違うらせんが水の面から盛りあがってくる。あおぐろいうなぎの背の中にくすんだ黄の腹の色が幾筋もまじる。よりあわさったうなぎの群れ。

青木はうなぎが好きだ。それじゃあ、道を歩き終わって次の町に出たら、食べようか。わたしの言葉に青木はうなずく。

昔わたしが店に出ていたり、青木が一時職を失ったりはしてきたけれど、わたしと青木の身過ぎはごくあたりまえのものだ。家賃はめったにためず、近所ともいさかいをせず、青木の同僚がやってくればもてなし、思いついたおりには歳末共同募金をおこなう。

青木とわたしの住む町にあるうなぎ屋には、三月に一回ほど行く。奥さん、旦那《だんな》さんと呼ばれる。何でもない顔ではいはいとうなずく。青木は白焼きとうな丼《どん》を註《ちゅう》文《もん》する。わたしはうな丼だけ。汗をかきながら二人で黙って食べる。する時と似ていると一瞬思うが、やはり違う。うなぎを食べている時はさみしくない。する時はずいぶんさみしい。青木と会ったばかりのころもさみしかったし、一緒に住むようになったらもっとさみしかった。三十年以上一緒にいて、たまさかする時もまださみしい。道を歩き終わったらうなぎ屋をさがそう。ずいぶん前から食もほそくなっているから、丼ではなく白焼きを頼もう。青木の姿を確かめる。隣を歩いている。青木はよく光っている。犬が遠くでほえる。ゆるい坂の下から、わたしと青木のところまでのぼってこようとしている。

犬がすぐそばまでやってきた。体を足にすりつける。はっはっという濡《ぬ》れた息づかいが聞こえる。近づけば近づくほど光が強くなる。姿はますます見えにくい。青木が犬を撫でている。犬がよろこびのほえ声をあげる。

こいつ、チロだな。青木が言う。チロって。飼ってた犬。いつごろ。小学生のころ。種類は。秋田と柴《しば》とあとテリヤも混じってる。ずいぶんいろんな由緒《ゆいしょ》のものが混じってたせいじゃないだろうけど、なんかぼんやりした犬だった、番犬の役もしなかったし靴はよく庭に埋めるし。いつ死んだの。高校のころ。どうして今ここにいるの。おれのことがなつかしいけん。

またでたらめななまりを、青木がわざと使う。犬は、はっはっと息をはずませる。

青木はいとおしそうに犬、または犬ではないかもしれないものを、抱き上げる。犬は、犬ではないかもしれないものは、おとなしくしている。青木の腕の中で青木にもたれかかり、青木と一体になる。どちらもよく光っている。そんなふうに青木になじんだことは、わたしにはなかった。やさしくするんだね、チロには。青木に向かって言うと、青木は首をかしげた。おれはもともとやさしい男だ。よその男の方がやさしかったよ、あの流しとか。やっぱりおまえ、あの男とあったのか。あったよ。あったのか。

犬、犬ではないかもしれないものが、ほえた。青木の腕の中でほえた。飛びかかってくる。わたしの喉《のど》を食いちぎりに飛びかかってくる。と見えたのに、地面にぽたりと降り、おとなしくお座りの姿勢をとる。光っているのでよく見えないが、どうやらそのようだ。どうして怒らないの。どうして鬼の形相にならないの。逆にわたしが青木を責める。

昔、男がいて、こんなふうにつぶやいた、どうせこの世には自分と同じ気持ちの人間なんかいるわけない、いるわけがないんだから。青木は答えた。

昔いたどこかの男なんて、どうでもいいから。それに、同じ気持ちの人間なんかいるわけないってことも、知ってるから。みんなが知ってることだから。でもずっと一緒にいたじゃない。意味もなくずっといたじゃない。それなら怒ってよ。言いつのっても、青木はただ立っているだけだ。犬がほえる。犬ではないかもしれないものがほえる。

うなぎ、ほんとに食いたくなってきた。

疲れて遅くなっていた歩みに、少し力が戻ってきた。さっき眠ったからだろうか。犬、犬ではないかもしれないものの姿は、みえなくなっている。青木が手をさしのべる。つなごう。青木の言葉に、逆らわず、つなぐ。青木の手はいつも少しだけ汗ばんでいる。あたたかい手なのに、汗のためにつめたく感じる。

どうやったらみんなが幸せになるんだろうって、チロを散歩させてる時に考えたことがある。青木が言いだした。驚いて顔をあげた。幸せって、あのいわゆる、幸せのこと？　聞き返した。青木は小さく頷《うなず》いた。幸せなんて言葉を思いだしたの、五十年ぶりだ。

わたしといて幸せじゃなかったの。いやいや、幸せな時には、幸せのことは考えない。昔の理屈じみた男の言いそうなことを、青木は言った。自然に体を寄せ合う。つないだ手に力をこめる。こんなこと言いだすなんて、もうすぐ青木は死ぬのかもしれないと思った。いとおしくてたまらなくなる。

昔、病気になった時にさ。青木が言う。今にも死んでしまいそうな気がしたんで、びっくりした。いつか死ぬとは知ってたけど、まさか今日明日のさしせまったこととは思ってなかった。この世には一人も死をまぬがれた人間はいないんかな。一人くらいいるんじゃないかな。いや百人くらいいて、こっそり集落とか作ってるんじゃないかな。早くうなぎ食いてえな、それにしても。

このへんの集落って、そういう集落かも。青木に調子をあわせて言う。集落に人影はない。犬が向こうからやってくる。よく光っている。飛びつきもせず、ほえもせず、犬はただゆき過ぎる。挨拶《あいさつ》をするように首を何回か振り、顔はこちらに向け、しっぽをゆさゆさと揺らしながら、通り過ぎてゆく。ゆるい坂の頂上に向かって、ひたひたと歩いてゆく。

あんまり光ってないね。青木に言う。そうだな、今はおまえの方がよく光ってる。おれもおまえもよく光ってる。燃えてるみたいに。白い炎につつまれて燃えてるみたいに。ああうなぎが食いたい。

青木は種苗の会社に定年まで勤めた。退職してからは、また夕飯の買い物に行くようになった。わたしが買う魚は、どうも生きがよくないという。直売所まで自転車に乗り、その日にあがった小さな魚を値切って買ってくる。

植木も育てるようになった。鉢をいくつも並べ、球根をうめ種をまく。花ばかりでなくハーブも野菜も作った。真面目《まじめ》な顔で青木は毎朝鉢の手入れをする。しゃがんでいる青木の背中は、ずいぶんと薄くなった。青木が顔を上げる。天気のことか、近所の何かのことか、ゆうべ見た夢のことか、なんでもない何事かを口にし、笑う。わたしも笑う。猫が塀の上を走ってゆく。さかっているのだ。朝の日が鉢に差し、葉影が地面にできる。すずめがいっせいに飛びたつ。ひよが鳴く。部活のために早めに家を出てゆく学生服の男の子が眠そうな顔で歩いてゆく。牛乳配達の車が通る。バスの警笛が聞こえてくる。青木がまた何かを言う。わたしがまた笑う。いつか同じことがあった。犬が近づいてくる。よく光っている。犬ではないのかもしれない。あの道へは、次はいつ行くの。犬が聞く。犬ではないかもしれないものが聞く。一年に一度。よく晴れた日に。青木が答える。まだ死にたくない。まだ死にたくないんだ。青木が犬に言っている。犬ではないかもしれないものに言っている。よく光っている。青木も、犬、犬ではないかもしれないものも。

昔、女と一緒に道を歩いていた。女は喉がかわいたと言った。泉があったので、飲むか、と女に聞いた。女は頷いた。でも器がなかった。手ですくって飲ませてやった。青木は犬に向かって、犬ではないかもしれないものに向かって、つぶやいている。そういえば昔、青木にすくった水を飲ませてもらったような覚えがある。その女と男はどうしたの。青木に聞いてみる。男と女は、道を歩き終わり、町に帰った。青木が答える。それから？

それから、男が死んだ。それから？　女は男と会う以前に住んでいた町に戻った。それから？　戻る途中、男に水をすくってもらった泉の前を女は通った。泉の前に立って、女は男のことを静かに思い出した。もう足りたか。もう足りたか。水を幾度もすくいながら、男は聞いたのだった。男はどこへ行ってしまったのだろう。女は思い、泉の前にたたずんだ。

その男は青木ではなく、その女はわたしではない。その男は青木であり、その女はわたしである。青木は鉢に水をやっている。すずめがまた鳴く。青木への憎しみをうすく思いだす。憎しみは消え、またよみがえり、また消える。青木の背中を見る。いつか同じことがあった。犬がよく光っている。犬ではないかもしれないものは。あの道をこんなに何回も歩くとは思っていなかった。道は茶畑にかこまれ、東から西、西から東へと、長くつらなっている。

（参考『伊勢《いせ》物語』）

mundus

／箱はブリキ製だった。裏庭に埋めるのだとそれは言ったが、入れるものを持って来いと言われても、いったい何を選べばいいのか子供は困った。

結局子供は、へその緒を入れることにした。鏡台の下の段のひきだしの奥に小さなポチ袋がしまってある、その中には子供のへその緒が入っていたのである。ポチ袋はほこりだらけで、三つしまってあるへその緒のうちあと二つは子供の兄たちのものだった。

まだ蓋《ふた》を閉じていないブリキの箱には、便箋《びんせん》やぬいぐるみ、ハンカチにミサンガ、ノートにCD、たくさんの子供たちが持ってきたらしき「宝物」がぎっしりと詰めこまれていた。子供がてのひらに握りしめてきたへその緒を、それはしげしげと眺めた。顔を近づけ、匂いをかぎ、ほんの少し顔をしかめた。一番上にへその緒を置くと、それはしずしずとブリキの箱をしめ、掘ってあった穴にゆっくりおろした。土をかけると、それは踏み固めるのを手伝うよう子供に言った。子供とそれは、真新しく柔らかい土の上で跳ねた。土は沈み、次第に固められていった。

子供は時おりブリキ箱のことを思い出した。一年が過ぎ、三年が過ぎ、やがて成人した後も、子供は思い出しつづけた。そのあたりに住んでいた同じ年ごろの子供に聞いても、そんなブリキの箱に宝物を入れた覚えはないという。ではあれは夢だったのかと子供は思い、埋めた裏庭に行って確かめると、地面はあの時と同じように踏み固められ、草が生える様子もなくくろぐろとそこにあるのだった。

やがて三十年が過ぎた。子供はすでにもう子供ではなくなっており、気がついてみると一緒にブリキ箱を埋めたそれと同じほどの年まわりとなっていた。ある夕方、子供は箱を掘り出した。土にまみれ錆《さ》びたブリキの蓋を開けると、中には何も入っていなかった。三十年という時間を、かつて子供は想像もできなかったけれど、子供でなくなった子供にとって三十年はひとときだったように思われた。父母はもう亡《な》く、兄二人は遠くに去っていた。ブリキ箱に入れたへその緒は、もしや自分のものではなくどちらかの兄のものであったかもしれないことに、子供は初めてその時気がついた。見れば、先ほど掘ったはずの穴はすでになかった。子供でなくなった子供は、その夜寝ついた。そしてじきに病を得た。

／病を得た子供の祖父には、二人の愛妾《あいしょう》がいた。すでに七十の半ばになろうとしていたが、女道楽はやまなかった。愛妾はいずれも祖父より年上だった。一人は隣町のアパートに、もう一人はさらに隣の町のアパートに住んだ。一日おきにそれぞれの部屋に泊まり、日曜日は家に戻るというのが、祖父の決めた配分だった。祖父の妻である子供の祖母は、二人いる愛妾について何を言うということもなかったけれど、愛妾どうしはたいへんに仲が悪かった。

　二つ隣の町に住む愛妾は、ときおり隣町の愛妾のところにねじこんでいった。ねじこまれた隣町の愛妾は、どんと勢いよく足を踏みならした。愛妾二人は大声で言い争い、そのうちに取っ組み合いが始まった。年なので、すぐに息切れしてへたりこんだ。座ったまま、草を引っこ抜いては投げつけ、そのへんの砂利を投げつけ、しまいに二人しておいおい泣きだすまでいがみ合いをやめなかった。

　泣き疲れると、二人は隣町の愛妾の部屋にあがって、風呂《ふろ》を使った。湯上がりには缶ビールを開け、隣町の愛妾の作ったつまみを肴《さかな》に遅くまで飲んだ。すっかり酔っぱらうと、二人は肩を寄せて座りこみ、たまに思い出したように、互いの腕やら頬やらを憎らしそうにぎゅっとつねりあうのだった。

／薄日のさす中に、群れ生える針葉樹の、いつもは景色に溶けこむよう判然としない背の高い梢《こずえ》の先が、いやにくっきりと見える日は、必ず湿った重い空気が雷鳴を呼びよせた。はるか彼方《かなた》で鳴っていたと思われた低い響きは、見る間にとどろきとなり、やがて小さな飴玉《あめだま》ほどの雨粒が頬に腕に当たり、景色が夕刻のように暗くなる頃には、耳もつんざくほどの雷が鳴りはじめるのである。

雨はずっと降りつづいた。川の水は増え、流れは今まで見たこともないくらい速くなった。茶色い濁流にのって、サンダルの片方や自転車のサドル、発泡緩衝材や大きく裂けた枝などが流れ過ぎていった。電燈《でんとう》のかさには、優曇華《うどんげ》がついていた。その前の年もついていたと、子供は思った。同じところに卵をうむ習性があるのか、または孵《かえ》らずに終わったのか。電燈は時おりまたたいた。強風が電線を揺らし、送電は不安定になった。

この季節にはいつも激しい雨が降った。子供がものごころついてから初めての豪雨の記憶は、三歳の時のことだった。屋根からしみてくる雨漏りを受けるために、琺瑯《ほうろう》の洗面器を母親が畳に置いた。最初はうすく膜をはるほどにしかならなかった水が、突然かさを増し、見る間に洗面器いっぱいに水がたまっていった。

橋が流されたぞう、という声が外から聞こえてきた。男たちが走ってゆくのが、ガラス窓ごしに見えた。流れる水滴で、窓からの風景がゆがんでいた。子供の祖母は足をふんばって雨戸をたてた。ただでさえたてつけが悪いうえに、湿気のためひどく動かしにくくなっていた。

それは、橋を渡ってきた。危ないから渡るなと、男たちは怒鳴った。男たちの声など聞こえないかのように、それは少しも急ぐことなく橋を歩ききった。そのままそれは、子供の家の裏口から入ってきて、畳に大の字になった。少し休ませてください。それが言うと、子供の祖母はうなずいた。ひどく気が進まなさそうに。橋はその晩、崩れ去った。

／子供の祖母には、いつも気にかかっている場所があった。昼はひっそりと扉を閉ざしているスナックや一杯飲み屋の集まる路地の、中ほどにある「ラスト」という名の店である。日中、ほかのすべての店には気配がないのに、「ラスト」には、昼でもいつも人影があった。

買い物かごをさげ、祖母は路地に踏みいった。灰色の大きなゴミ容器が倒れ、犬が残飯をあさっていた。寄ってくるカラスに犬は吠《ほ》えかかり、カラスは空に舞い上がった。夜にはみずみずしく滴《したた》ってみえるそのあたりの景色が、昼には白茶けて心安かった。祖母は「ラスト」のガラス窓越しに中を覗《のぞ》きこんだ。

そこにいるのはいったい誰なのか。動いている影を眺めながら、祖母は祖父の女道楽のことをほんの少し思った。そのことを思う時、いつも祖母は深い穴に落ちて途方にくれているような心もちになった。穴から出る手掛かりはない。土に爪《つめ》をたて、わずかずつでも登ろうとするのだが、あっけなく穴の底に墜落するばかりだ。「ラスト」の中は、青かった。まるでインク壺《つぼ》の中を覗いているようだ。中でかすかに動いている人影も青いし、カーテンも什器《じゅうき》も卓も椅子《いす》も青い。ときおり人影が火を使っているらしき時があり、その炎もまた青い部屋の中でさらに青くまたたいていた。

夜のとばりがおりた後、いったいどんな男が、女が、「ラスト」を訪れるのだろうと、祖母は想像してみた。想像の中のどの男女も、ひたひたと足音をたててひそやかに「ラスト」の扉を押し、その青い空気にうっすらと溶けこんでゆくのだった。

一度だけ、「ラスト」から男が出てくるのを、祖母は見たことがある。まだ夕刻の、日は暮れきっていない時刻だった。年季の入ったコートを着こみ、男は背をまるめて急ぎ足で駅の方に向かった。扉が細く開いた刹那《せつな》、「ラスト」の店内に夕刻の光がさしこんだ。薄い光にあい、「ラスト」の青はいっそう濃くなったように感じられた。目を離した隙《すき》に、男の姿は見えなくなっていた。

家に帰ってきて、寝そべっているそれを見た時に、祖母は「ラスト」から出てきた男を思い出した。似ていたわけではない。ただ、それには青い色が似合うと、祖母は思ったのだ。それは無造作な様子で寝そべっていた。その無造作さは、祖母の胸をついた。

／子供の母親が家出をした時の話である。家出の原因は、父親と喧嘩《けんか》をしたのがきっかけだったのだが、手持ちの小銭で買えるだけの金額の切符をにぎりしめ、飛び乗った列車に揺られているうちに、母親は自分がなぜそこにいるのだか、だんだんにわからなくなっていった。

窓からは草原が見える。草原には馬が群れていた。地平線が広がり、風がゆるく吹いて草原のところどころに立つ吹き流しを泳がせている。ときおり列車と同じくらいの速度で走る馬がおり、その馬に乗っている男の表情が克明にのぞめた。男は浅黒い皮膚をもち、頬と額に入れ墨をしている。草原のところどころにある集落に近づくと、馬は速度を落とし、鼻面《はなづら》を集落の方へと向ける。男と馬は、速度を減じて突然母親の視界から消える。

列車の上を銀色の流線型のものが腹をみせて飛んでいた。小さかった流線型は、みるみるうちに高度を下げ、列車ぜんたいに影をおとす。墜落するのだろうかと母親が思ったとたんに、飛行機は墜落する。列車は間一髪のところで飛行機の直撃をのがれ、草原をひた走る。すでにはるか後方になっているあたりに大きく火の手があがっている。馬が激しくいななく。黒い煙が濛々《もうもう》とたち、爆発音がつづく。見回せば、列車にはぎっしりと女たちが乗っていた。どれも家出をしてきた女たちである。煙と爆発の音に、女たちはいきりたち、まるで馬のようないななきをあげている。

早く帰らなくては。こんなところにいてはいけない。

母親は思うが、あまりに女たちがぎっしりつめこまれているので、身動きもままならない。女たちは重なって溶けあい、端の方から糊《のり》状のかたまりになってゆく。

あたしたちもう帰らなくていいのよこんなになっちゃえば帰りたくても帰れないし迎えにこられてももう誰が誰なんだか。無数の女たちのささやきが列車の中をみたす。糊状にかたまっているうちの、いったい誰が喜んでいるのか誰が悲しんでいるのか、そもそも糊に感情などあるのか、足をとられて母親はころぶ。すでに指先は糊になってしまった。ああ気持ちがいい。でもあたしは帰らなきゃ、だって子供たちがいる。子供の顔を思い出すと、一瞬目が覚めるが、すぐにまた意識は朦朧《もうろう》とする。また飛行機が落ちてきた。今度こそ列車は直撃され、糊になった女たちもろとも破壊される。残骸《ざんがい》になった列車はそれでも走りつづけ、終点に着いた。

家出した夜、母親は帰らなかったが、翌朝子供が起きると、朝食を用意する音が台所から聞こえてきた。トーストと目玉焼き、トマトとブロッコリが皿にのっていた。母親の顔がつややかだと、子供は思った。家出する前よりきれいになっていると、それが言った。母親は鼻唄《はなうた》をうたっていた。ねばねばした感じのメロディーだった。

／また洪水の季節が来て、どっと雨が降ってきた。昼過ぎ、近くの沼があふれた。流れこむ小さな水路を通って、山から水が押し寄せた。沼の底に沈んでいた石像がぽっかり浮かびあがり、子供の家の庭まで流されてきた。石像は小さなものだった。髭《ひげ》をはやした修験者《しゅげんじゃ》らしき像の、片手に錫杖《しゃくじょう》を持ちもう片方の手にはウナギを握っていた。

子供がさわると、ウナギが生き返ってびちびちとあたりをはねまわった。像が小さいのでウナギも小さい。ほんのミミズほどのウナギであり、もしかするとウナギではなくドジョウなのかもしれなかった。食べようとそれが言うので、子供は人形用の釜《かま》でウナギを蒸した。しばらく釜の中ではねている音がしたが、やがて静まった。ふたを取ると、ウナギはぐったりしていた。子供とそれは、ウナギあるいはドジョウを、半分わけして食べた。ウナギの小さな切れ端が二人の胃の腑《ふ》に届いたとたんに、雨がふたたびざっと降りだした。その時の洪水はことにひどく、浸水は二階にまで及んだ。

石像はそのまま水にのって流され、洪水がすっかりひいた後しばらくしてから、山の中腹でみつかった。それは大事に石像をかかえ、沼に返した。大きな泡がたち、風が起こった。水面が盛り上がったかと思うと、無数のドジョウが重なってあらわれ、声にならない声を発して子供とそれに向かって吠えた。子供は驚いてそれの手を握りしめたが、それは平然としていた。水面はじきに静まり、風もやんだ。

その夜子供はうなされて目をさまし、胸の上にそれがのしかかっていることに気づいたが、それを払いのけることはしなかった。

／子供の父親の癖についての話である。どこででも寝てしまう癖があり、ある時会社が退《ひ》けてから行ったスナックで寝入った。酒を過ごしたわけではない。ただいつものように寝入ってしまったのだ。店の名は「ラスト」といい、初めて入る店だった。

深夜まで寝入って起きると店には誰もおらず、あたりは群青色《ぐんじょういろ》にしずんでいた。立ち上がろうとすると、べったりしたものにとりまかれ、椅子から離れることができない。しかたがないのでもう一度寝入った。起きると、店はにぎわっていて、隣に座っている男女がいちゃついているのがわずらわしい。けれど勘定をして店を出、振り返ると、店には人の気配はなくなっていた。

家に帰りつくまでに、父親は三回もそのあたりの地面に座りこんで寝入った。それほど頻繁に寝入るのは初めてのことだった。最後に寝入ったところで猫を拾った。タミと名づけてずっと飼った。

／タミは鳴かない猫だった。ねずみをとる時にも、えさをねだる時にも、外に何かの気配を感じて窓越しに窺《うかが》う時にも、子供に甘えかかる時にも、いっさい声というものを出さなかった。顎《あご》の下をなでてやっても、猫特有のゴロゴロいう音さえさせない。

かろやかな動きでタミがすり寄ってくる、その直前まで誰もタミがそこにいることに気づかない。あたたかなものが、突然ふくらはぎに膝《ひざ》に腰にぽたりと触れる、その驚きに思わず「あ」と声をあげても、やはりタミはただ無音でそこにいるだけだった。

雌猫だったので、子供をよく生んだ。最後には避妊手術をしたけれど、手術をする時すでに四匹の子供を孕《はら》んでいたので、その場で取りだした。二匹はすぐに呼吸を止めたが、あとの二匹はタミが舐《な》めつづけて生かした。

その時の二匹はナミとキミと名づけられ、よそにやらずに留め置かれた。ナミとキミはタミの二倍以上の大きさに育った。そのうちにナミの尻尾《しっぽ》が割れてき、キミの舌先が分かれた。夜明けがたになると、子供の家の近辺にいる鶏がひどく騒いだ。鶏の血を吸いにくるイタチが、つづけざまに何匹も殺された。首を嚙《か》まれ、臓物だけが食べられていた。イタチの害に悩んでいた鶏の飼い主は喜んだが、近辺の人々は怪しんだ。

ナミとキミの毛づやは日に日によくなっていった。やがてナミとキミは姿を消した。裏山の神社に二匹の姿を見たと言ったのは、子供の上の兄だった。以前よりもさらに大きくなり、見かけた時にはキツネをはがい締めにして食いついていた。食いつきながら、ニャアニャアミイミイと可憐《かれん》な声をあげているさまは、恐ろしかった。

ナミとキミは、ある日洪水に流され、しまいには海に出た。そのまま海岸に住みつき、キツネやイタチばかりでなく小柄な人間まで襲うようになった。死に至るほどではないが、襲われた傷痕《きずあと》はじくじくと膿《う》み、ひどい時は指の一本も嚙みちぎられた。ナミとキミが死骸になって明け方の国道につぶれているのが発見された時には、海岸沿いの集落の人々は胸をなでおろした。その後ナミとキミは海辺の神社に祀《まつ》られ、神社は大猫鳴神社と呼ばれた。

／最初はただの小さな茶色いしみだった。広がりはじめたのは、しみができてから三日めで、その日の夕方には子供の祖父の体じゅうに、しみは広がっていた。やがてしみは、茶色から赤に変わり、みるみるうちに祖父の体は真紅になった。その体で隣町の愛妾のところに行くと、愛妾は驚いて祖父にバケツの水をあびせかけた。何をするんだおまえは。祖父が声をあげたので、はじめて愛妾は声の主が祖父だということに気づいた。あわてて部屋に迎え入れ、布団《ふとん》を敷いた。

布団なぞいらん。祖父は言ったが、愛妾は許さなかった。そんなに赤くなって。病気ですよそれは。何の病気だ。アカヤマイです。そんな病気、聞いたこともない。いいえあたしの故郷ではアカヤマイはれっきとした春や秋のはやりやまいでした。

アカヤマイにかかるのは、成人した男だけだ。赤が全身に広がりきると、熱が上がりはじめる。平らだった赤はどんどん腫《は》れてきて、やがて激しいかゆみが襲う。そのかゆみときたら、大の男が七転八倒するほどで、文字通り七日七夜七転八倒したのち、あっさり治る者とそのまま死に至る者がある。

死ぬのか、おれは。祖父が聞くと、隣町の愛妾は深くうなずいた。ええあなたは、五十パーセントの確率で死にます。その時はあたしが死に水を取ってあげますからね。落ち着きはらって愛妾が答えたので、祖父は口をあんぐりと開けた。おれは丁か半かの確率で死なねばならんのか。いいえ、違いました。死ぬ確率はたしか、五十五パーセントでした。丁半博打《ばくち》よりも、割が悪いわね。

やがて祖父はかゆみに七転八倒しはじめた。そのうえ、かゆくてたまらないその奥には、なんともいえないいやな感じもあった。まるで自分の中にもう一人の自分がいて、その違う自分が、今の自分の皮膚を破って出てきたがっているような感じなのである。

おれじゃないおれが。祖父はうわごとを口走った。愛妾はかいがいしく祖父の世話をした。汗みずくになった体を拭《ふ》き清め、小水をとり、うちわであおぎ、粥《かゆ》を口に運んでやった。七日七晩がたった。祖父の皮膚はぼろぼろだった。掻《か》きむしったせいで薄くなり、ぜんたいに血がにじんでいた。けれどそれよりもつらいのは、出てこようとするもう一人の自分をどうにか体の奥に閉じこめたままにすることだった。少しでも気をゆるめると、もう一人の祖父は、口から鼻の穴から耳から肛門《こうもん》から陰茎の先からすべり出て、そのままずるりと体ぜんたいをひっぱり出そうとする。そうはさせじと、祖父はふんばった。そしてくたくたになった。なぜなら、ずるりともう一人の自分が出てこようとすると、まるで体の髄を刺激されたような痛みと快楽とが、同時にほとばしるからである。

体をまるめ、また時には手足をつっぱって硬直し、祖父は耐えた。最後に、祖父は突然治癒した。かゆみは去り、皮膚は何事もなかったかのようにさらさらになった。発疹《ほっしん》はきれいさっぱりなくなり、体には力が戻った。

愛妾はいそいそと飯を炊《た》いた。祖父の好物の鯵《あじ》の開きを焼き、味噌汁《みそしる》をつくった。祖父は惚《ほう》けていた。もう一人の自分が自分を割って出ようとする時のあの快楽が忘れられなかったのである。以後、祖父がそれほどの快楽を感じたことは一回もなかった。隣町の愛妾も、二つ隣の町の愛妾も、祖母も、そして試してみたそのほかの女も、誰も祖父にあの快楽を与えることはできなかった。以来祖父は、女とおこなうことはなくなった。けれど、最後まで愛妾たちの金の面倒はきちんとみてやった。

／子供の父親は、祖父が苦手だった。祖父が女から女へと渡りあるくところも苦手だったし、それらの女たちとすぐにいい仲になる手管をもっていることも苦手だった。血のつながった親子なのに、祖父と父親は顔も姿も気質も似ていなかった。すぐに寝入ってしまうという癖を持つため、会社での父親の出世はとうてい望めなかった。浮世を渡ってゆくことにも、女出入りのことにも、どちらにもこれといった見どころのなかった父親は、その代わりとでもいうように、珍妙な帽子をいつもかぶっていた。それは当時正ちゃん帽と呼ばれた形の帽子で、ただし正ちゃん帽のてっぺんにあるポンポンはついていなかった。十色以上のとりどりの毛糸で編まれ、夏用にはサマーヤーン、冬用には細いモヘアをよりあわせた材質で、どの帽子にも極彩色の鳥や昆虫や人の顔が、モザイクのように編みこまれているのだった。

どこでそんな帽子を買ってくるのかと、子供は父親に聞いた。注文品なのだと父親は自慢そうに言った。何かを自慢する父親など見たことがなかったので、子供は意外に思ったし、自慢をする父親を好もしいとも思った。帽子は、一年に一つ新調された。昼食代をためて買うのだと、父親は子供にこっそり教えた。

父親が会社に行っている隙をみて、子供とそれは父親のさまざまな意匠の帽子をかぶってみた。それにも子供にも、帽子はちっとも似合わなかった。ただ父親だけに、その帽子は似合うのである。一度、帽子のおかげで父親が命拾いをしたことがある。凍った湖のワカサギ穴に、父親は落ちたのだ。その派手な帽子が浮き上がったために、すぐに近辺にいた釣り人が発見して引き上げられた。その時の帽子を、父親は後生大事に保管した。死んだら一緒に焼いてくれと言い言いした。

約束通り、子供の母親は父親が死ぬと、保管されていたワカサギ穴の時の帽子を棺桶《かんおけ》の中に入れた。紫色の、毒々しい鳥模様の帽子が入れられた棺桶が閉ざされると、それは棺桶を肩にかついだ。それの他に、子供の兄、父親の弟、その息子たちが、葬儀場の係員たちと共にかついだが、その時はちょうどそれの背丈が高い時期だったので、棺桶は傾き、ひどく不安定な角度のまま、霊柩車《れいきゅうしゃ》まで運ばれていった。／それの背の高さは、すぐに変わった。洪水の季節に向かうころになると背はずんずん伸びた。洪水の季節が過ぎると、少しずつ縮んだ。

その年の洪水の始まりは、いつもにくらべて穏やかだった。ひっそりと降り始めた雨が洪水をもたらすとは、誰も思っていなかった。それでも水かさは増えつづけ、ついに川は溢《あふ》れだした。ゆるやかな流れは、町をひたひたと沈めていった。静かに始まった洪水だったが、雨はいつにもまして降りやまず、どの家にも備えつけられているボートに、家財道具をぎっしりと積んだ家族が、激しい流れにのって幾組も流されていった。

子供の家も、二階まで沈んだ。かろうじて屋根裏部屋と物干し台が残り、子供とそれ、祖父母と父母、そして二人の兄たちは、物干し台にかじりついてかたまりあい、すぐ横を流れてゆく濁流を見つめていた。

やがてみしみしいう音と共に、物干し台が崩壊しはじめた。すでに用意してあったボートに子供の家族は乗り移り、濁流にすべり出した。思わぬ速さでボートは流されていった。それの背がいちばん高い時期だったので、それに肩車された子供は、はるか遠くまでを見渡した。すでに水の底に沈みつつある町の、わずかに残る三階建の家の屋根、小学校の校庭の国旗掲揚棒、そして物見櫓《ものみやぐら》をぐるりと眺めた後、子供は隣町の城の天守閣を探した。その昔滅びた城だったが、本丸は朽ちてなお残り、夕刻ともなれば子供の住む町からは沈みゆく太陽の光をあびて輝く天守閣が望めたのである。

天守閣に人影があると、子供は思った。あれは誰なの。子供はそれに聞いた。たぶん自分と同じような種類のものだろうと、それは答えた。濁流の音が激しくて、子供とそれとの会話は家族の誰にも聞こえていなかった。同じ種類のものが、いるの。子供は驚いた。よその家にそれと同じようなものがいるのを、子供はかつて見たことがなかった。それは、子供にとって、なめらかで、熱くて、甘苦しくて、決して知らないふりのできないものだった。よそにもそんなものがあるなんて。子供は思った。そして、よそのそれを、是非見てみたいものだと切望した。けれどボートは天守閣からどんどん離れていった。

雨の合間の夕刻の光を受けて、天守閣は輝いていた。よく光ってるな。子供の上の兄が感心した。下の兄は、ただ放心して天守閣を眺めていた。兄二人にも、天守閣の中の人影が見えていたに違いない。二人は足をすりあわせ、息づかいを激しくした。兄たちも甘苦しいのだと、子供にはわかった。

ボートはこの世の果てまで流され、そのまますぐるりと流れにのって結局また元の町まで戻ってきた。その頃には水は引いており、家財道具がめちゃめちゃになった泥だらけの家を、子供の家族は総出で片づけた。もうもうと水蒸気があがり、町はかげろうに包まれていた。それの背は縮んでいた。洪水が終わるとすっかり力がなくなるのだと、それは言った。それが平たくなったので、子供はそれをたたんでしばらく屋根裏にしまっておいた。

季節が一つ過ぎると、それはまたふくらみ、自分の足で屋根裏から下りてきた。新しく張り替えたふすまの模様を、それはじっと眺めていた。きれいな模様だ。それはつぶやき、トレーシングペーパーで模様をうつしとった。

／どうしてもそれがどこにいるのかわからないのだと、子供の母親は訴えた。けれど家族の誰も、母親の訴えに真剣に耳を貸そうとはしなかった。それがいなくなることなど、しょっちゅうだったからである。

そのうちに、家族の者たちは、今回のそれの不在がいやに長いことに気がついた。そういえば最後にそれを見たのって、誰なの。子供の兄たちは家族に聞いてまわった。答えることができる者はいなかった。

それの痕跡《こんせき》は、あった。それがしばしば寝そべっていた六畳の部屋の、隅の柱に付着している青白いあぶらじみのようなものである。それは畳に寝そべっていない時はいつもその柱に背を預け、ぼんやりと中庭を眺めていた。それからにじみ出たものが、柱のあぶらじみめいたものとなったわけだが、正確にはあぶらじみではなく、着色である。そういえば、それの背中はうらじろかった。その色が柱にうつり、町はずれにある湖と同じ形をなしていた。

子供と二人の兄たちは、それが残していった湖の形をなすしみの匂いをかいだ。かすかな揮発臭とさらにかすかな焦《こ》げ臭さがあった。それがいない家にはいつもよりも客が多く訪れた。客たちは手土産を持ち、喜ばしげにあらわれた。母親と祖母は客のもてなしに忙しく、子供とその兄たちに目が届かなくなった。禁止されている湖の釣りに、兄たちは出かけるようになった。

湖には怪魚がおり、海の水が多く流れこむ時刻になると怪魚は釣り人を水底に引きずりこむ。満潮は明け方と夕刻なので、その時間を避ければいいのだと兄たちは笑っていた。ぴちぴちと跳ねるうろこの硬い小魚を、兄たちは際限なく釣ってきた。その腹を割くのは子供の役割で、臓物を取って洗い清め塩をふった小魚は、きれいにざるに並べて干された。夕飯に小魚の干物が出ると、父親はいやがったが、祖母も母親も子供たちも嬉々《きき》として食べた。

ある日湖のはたに、それがあらわれた。しゃがんでいた。兄たちが近づいてゆくと、照れたような顔でそれはうなずいた。これからはもう小魚はあんまり釣れないようになると、それは言った。その言葉通り、以来小魚はほとんど釣れなくなった。以前は夕刻前には注意深く湖を去っていた兄たちだが、小魚が釣れなくなってからは、いつ小魚がかかるかと、夕方近くまで湖の岸に居つづけた。怪魚が出たのは、そんなある日のことだった。下の兄がつかまり、上の兄が大声で助けを求めた。誰も来なかったので、下の兄はそのまま引きずりこまれた。

翌日になると下の兄は湖にぽっかり浮かんできた。死んではおらず、それどころか湖に沈む前よりもよほど巨大に育っていた。巨大になった下の兄は、服も靴も布団も何もかもが身に合わなくなってしまった。じきに下の兄は遠くへ去った。巨大な男を求める働き口があったのだ。家族らとそれに見送られ、下の兄は旅立った。急ごしらえの上着もズボンも、下の兄の体に合っていなかった。それが下の兄をつるりと撫《な》でると、下の兄は少し泣いた。それはしゃがみ、下の兄を見上げた。下の兄がすっかり見えなくなってからも、それはしゃがんでいた。三日ほどしゃがみ続けた後、それは家の中に入り、六畳の部屋の柱に背を預けた。

／上の兄は、下の兄が遠い町に去ってからというもの、すっかり気が抜けてしまった。弟を思ってはさめざめ泣き、また弟を思っては喉《のど》の奥でうなり声をあげた。

春が過ぎ、夏になった。なまぬるい風の吹く昼下がり、上の兄はそれの横に寝そべってうちわを使った。兄のこめかみには汗がうかび、ゆっくりと目の上をつたって畳に落ちた。子供が部屋を覗くと、兄とそれは重なっていた。ちょうど同じほどの背丈だったので、重なるとただ一人の者がそこにいるようにしか思えなかった。それも兄もちらちらと透きとおり、互いにまじりあい、溶けあっていた。うちわをあおぐ手が、時に二本、時に一本に見えた。それとまじりあう時、兄はひどく苦しそうにしたが、まじりあってしまえば反対に深い快楽を得るようだった。兄はびくりびくりと痙攣《けいれん》した。背をそらせ、腹をつきだし、足を大きく広げていた。兄と重なったそれは、ますます色をなくし透きとおっていった。しまいに兄の全身からどっと大量の汗がふきだすと、それは弾《はじ》かれたように兄から離れ、六畳間の入り口まで跳んだ。

暑い暑いと兄は叫び、風呂にかけこんだ。水をはねかせて体を洗い、あくびをしている猫のような顔で、兄は風呂場から出てきた。そのまま兄は階段をのぼっていった。兄の体から滴ったしずくが、廊下に散った。それは六畳間から首を長くのばし、しずくを吸った。廊下はきれいに乾き、夕方になって遠雷が鳴りはじめたころには、まるで大掃除をした後のように輝きわたった。

／家の中にそれがいるから自分はこんなふうなのだと、子供の祖父はときおり言った。いっぽうの祖母は、それなどどうでもいいものだ、邪魔ではあっても、それのせいで何かが変わるほどの大した存在ではないと、それを半分ばかにしていた。

子供は祖父の言うことと祖母の言うことのどちらが正しいのか知りたいと思った。いつか上の兄とそれがちらちらと透きとおり溶けあっていた、そのさまもうらやましかった。

そんなに気になるのなら、確かめてみればいいと、それが言った。

どうやって確かめるの。だいいち、何を確かめるのかも、はっきりしやしない。

そんなふうに思いながらも、子供はそれについて離れなくなった。

朝起きてすぐに子供はそれを捜し、学校にも連れていった。それは子供の席に一緒に座った。先生はとがめなかったけれど、きゅうくつでたまらないので、子供は勉強に身が入らなくなった。弁当を使っている時も、それは子供のすぐ隣にいた。休み時間に校庭に行けば、それは子供の尻《しり》のあたりをうろうろするし、授業中に子供がうわのそらになれば、それは子供の体じゅうをまさぐって、ますますうわのそらにした。

家に帰ってくると、それは子供を六畳の部屋に誘った。いよいよ自分もそれと溶けあえるのかと、子供は期待した。けれどそれの上に乗ってみても、子供ははねかえされるばかりだった。まだそういう時期ではないのではないかとそれは言い、笑った。

それとはじめて溶けあったのは、子供が川沿いの道を歩いている時だった。夏になって増水している流れが、ごうごうと音をたてていた。あたりに人影はなく、夏の雑草が川ばたに茂っていた。洪水になれば雑草はいったん水の勢いで倒れるが、水が引いてしまえばふたたび立ち上がり、ますます盛んに茂るのである。

ふくらはぎを夏草がちくちくと刺すのを感じながら、子供は横を歩いているそれを見た。輪郭がぼやけ、それは今にも透きとおろうとしていた。見れば自分の指先や二の腕も、薄々とまたたいている。あっと思う間もなく、子供はそれとまじりあっていた。体の芯《しん》にいる自分がおしっこをもらしたような心もちになり、けれど実際の子供はおしっこなどもらしていなかった。生あたたかいものは、そのまま体の芯から体の表面に近いあたりへと静かに広がっていった。見ればそれの体ぜんたいが子供の体に溶けこみ、子供の腹にはそれの腹が、子供の足にはそれの足が、子供の背中にはそれの背中が、一続きのものとしてつらなっていた。ヤゴがトンボに羽化するところを子供はしばしば見たことがあったが、ちょうど正反対のことが起こっていた。羽化してトンボになっていたはずのものが、皮の中に戻りヤゴとひとつになる、ただしその時トンボはいなくならず、ヤゴとトンボと両方の精髄をかねそなえたものとなっていたのである。

子供の体ぜんたいに、何かが満ちた。足をふんばり、子供は耐えた。それが子供の頭の中にまでしみこんできた。もう頭は働かず、ただ子供は空だけを見ていた。空にゆっくりときざまれてゆく、飛行機雲を見ていた。そのものが飛行機雲であることは知っているのに、飛行機という言葉も飛行機雲というものの意味も、子供にはわからなくなっていた。

はぜる音と共に、世界の音が戻ってきた。子供の耳には、しばらく何の音も聞こえていなかったのである。川がごうごうと流れていた。蜂《はち》がぶんぶん飛ぶ音が耳もとに聞こえた。飛行機は遠くで風をきっていた。子供はしゃがみこんだ。頭を腹につけるようにして、まるまった。それは静かに子供から離れた。とてつもない快感が去ろうとしていた。これでは人生を誤ってしまうのも無理ないと思ういっぽうで、なるほどそんなに大したことではないのかもしれないという思いもあった。子供は以後もたびたびそれと一緒に川ばたを歩いた。

／首が飛ぶところを見た記憶があるのだと、子供の父親は言った。けれどそれは父親の記憶ではなく、「ラスト」で行きあった男の記憶なのかもしれなかった。記憶はときおり混じると、それは言った。

山道を歩いていて小さな人とすれちがった。腰よりは高いが肩まではとても届かない、けれど立派な体つきのその小さな人は、同じほどの小さな人を追いかけていた。追いかけられる小さな人の息はきれ、蔦《つた》が足にからみ、髪はぼうぼうに乱れていた。

ついに追いつかれた小さな人は、肩口からもう一人の小さな人におさえこまれた。草の上に倒された小さな人は、みずからあおむけになり小さな人と対した。大振りの刀を手にした小さな人は、あおむけになった小さな人に切りつけた。片方の耳がふっとび、血がほとばしり出た。もう一度小さな人は刀をかまえ、今度は慎重に振り下ろした。

首が飛んだ。きれいに飛んだ。そのまま首は沢を越え、山頂の方へと浮遊していった。笑い声が聞こえた。首の笑い声なのかふくろうの鳴き声なのかは不明だった。首のなくなった胴体を、小さな人はかつぎあげた。けもの道に入り、すぐに見えなくなった。見ると、小さな人の首が飛んだ場所に、何匹もの蛇がうごめいていた。蛇は沢の方へといっせいに這《は》っていった。沢の水に達すると、そのまま水面を泳ぎ、向こう岸へと渡った。何匹もの蛇がからまりあって渡るさまは、まるで光る布が水面に浮かんでいるようだった。

そののち、飛んでいった首は、夜になるとときおり父親の枕元《まくらもと》にあらわれるようになった。父親は恐ろしく思ったが、目をつぶっていると首は消えた。その記憶が、父親自身のものなのかそれとも「ラスト」で行きあった男のものなのか、すでに父親が死んでしまった今となっては不明のことである。

／ときおりそれは、水にのって流れていってしまった。洪水の水に流れることもあったし、乾いた季節の今にも干上がりそうになっている浅い川の水に溶けいるようにして流れていったこともあった。

それが行ってしまうと、子供は所在なくなった。勉強をしていても、近所の子供たちと遊んでいても、長じてからは恋人と睦《むつ》みあっていても、金の計算をしている時も、それがいるのといないのとでは、何かが違うのだ。

それのいない時、子供はとても満たされていた。所在ないのに、気持ちが満たされているのは、奇妙な感じだった。体のどこにも偏《かたよ》りがなく、みっちりと肉や内臓がつまっているのである。歩く時にも、体は重かった。足あとを見ると、いつもよりも深くなっていた。ことに洪水後のしめった土の上に足あとをしるせば、その深みにまわりの土に含まれていた水がたちまちしみだし、足あとのかたちをした水たまりが子供の歩いた後にてんてんと残るのだった。

水たまりには、すぐにミズスマシが飛んできた。そして、飴の匂《にお》いをさせながら、狭苦しい水面をしばらく泳ぎ、またどこかに飛んでいった。それが帰ると、子供の体は軽くなった。足あとも、ごく浅くありふれたものに戻った。

／ときおり家の中にあらわれるのは、豆腐によく似た四角くて白くて輪郭のぼやけたものだった。祖母はそんな時、ちりとりに乗せ、家の横手に掘った大きな穴に捨てにいった。豆腐のようなものは、深く掘った穴に放り捨てられ、歪《ゆが》み崩れた。暖かい季節にはすぐさま虫がたかり、表面をびっしりと黒くおおった。

子供がその豆腐によく似たものを見つけた時には、捨てたりせず大事に自分の部屋に持っていった。小さく切ってざるに干し、朝晩裏返した。虫がたからないよう網をかけ、日の光に当てた。次第に乾いて小さくなっていったなら、青菜とあわせて油で炒《いた》めた。塩で味をつけ、最後にほんの少し醤油《しょうゆ》をたらした。豆腐とそっくりなのに味は似ても似つかなかった。すっとしたかんきつ類のような匂いの、甘いものだった。塩味と甘さがあいまって、食べてしばらくは頭の中がぼうとした。

それがいる時は、呼んでやって一緒に食べた。食べてしばらくは、放屁《ほうひ》の匂いが甘かった。そのため、食べたことはすぐに祖母にばれた。ああいうものを食べると、ろくなことが起こらない。祖母は叱《しか》った。たしかに食べてしばらくすると、意地悪をされたり、文房具をなくしたり、誰かを憎んで強く呪《のろ》ってしまったり、ころんだりしたが、子供は食べるのをやめなかった。

豆腐に似た四角くて白くて輪郭がぼやけたものが、家の中にあらわれるその瞬間を、子供は一回だけ目撃したことがある。ぜんたいが突然あらわれるのではなく、四角の角のところから順番にあらわれるのだった。まるで豆腐に似た四角くて白くて輪郭のぼやけたものを、誰かが空中にスケッチしてゆくようだった。

豆腐に似た四角くて白くて輪郭がぼやけたものを、捨てもせず干しもせずそのままほうっておくと、三日ほどでぐずぐずに溶けた。そしてじきに蒸発してしまうが、蒸発する時に、いつも子供は何かを壊したくなった。ふすまの紙を破ったり、人形の腕を抜いたり、長じてからは服を裂いたりした。近所の子供に聞いてみると、豆腐に似た四角くて白くて輪郭のぼやけたものなど、自分のところにはあらわれないという。かわりにその子供の家には、猫の頭に似た耳のとがった長い毛のはえたものが、しばしばあらわれるそうだ。

／似た話だが、猫の頭ではなく人の頭に似た、二つの耳と口のある、ただし目だけは欠けたものがあらわれるという家があった。

目はないが耳と口はあるので、人の頭に似たものは喋《しゃべ》ることが得意だという。あらわれると、ひっきりなしに喋りつづける。答えてしまうととんでもないことが起こるので、家の者は聞こえないふりをする。

ある日知らずに答えてしまった客がいて、三日三晩問答をつづけなければならなかった。へとへとに疲れ、目はおちくぼみ体は痩《や》せ細っていった。ちょうど三日三晩たつと、人の頭に似たものはずるりと溶け、蒸発した。へとへとに疲れていたのに、客は悲しみ、人の頭に似たものを恋しがった。自分の家に帰っても、客は恋しい気持ちがおさまらず、嘆きつづけた。その後客は結婚も恋もせず、ただ人の頭に似たものだけをなつかしんで暮らした。あんなかわいいものはなかったですよ。顚《てん》末《まっ》を聞かれると、客はいつもいとおしそうに答えた。

／さんさんと晴れ渡った日に洪水が起こったことがある。上流の堰《せき》を間違って開けてしまったためにあふれた水が、子供の町まで到達し、いつもの洪水ほどではないが、道路は冠水しあたりは沼のようになった。

溺《おぼ》れるほどの水ではないからこれといった被害は出なかったが、一瞬だけひどく増水した水にのって、数匹の豚が柵《さく》から逃げ出した。そのまま町はずれまでやってきた豚は、増水している川辺のガードレールに身を寄せあっていた。飼い主がほうぼうを探してついに豚を見つけた時には、豚らはすっかり川に魅入られてしまい、押しても引いても動かなくなっていた。しかたがないので、工務店に頼んでショベルカーを出してもらい、一匹ずつすくいあげてトラックの荷台にのせた。豚は静かに運ばれた。

次の繁殖期には、数多くの子豚が生まれた。どれも柵から逃げ出した豚の子である。豚らはその後も、たくさんの子豚を生みつづけた。肉質もよく、飼い主はブランド豚の名を冠して儲《もう》けた。子供とそれは、豚を見に行った。手入れのよく行き届いた桃色の肌の豚の群れの、いったいどれが逃げ出した豚なのかは、わからなかった。逃げ出した豚らは、とどまった豚らよりも、長く生きたという。

／家族のあの写真はいったいどこにあるのだろうかと、子供は思った。祖父母はまだ生きており、二人の兄も家にいたころに撮った写真である。

ゆるく一列に並んだその両端には祖父と祖母が立っている。二人の兄のうち、上の兄は祖母の隣に、下の兄は祖父の隣に立ち、中ほどに近いところに母親が子供を抱いていた。列の中心には椅子があり、普通ならば家族の中で一番年下の子供が、背丈の足りなさをおぎなうために座って写ることになるだろうに、ちんまりと椅子に座っているのは父親だった。父親は、いつものように正ちゃん帽をかぶり、うつむいている。一瞬眠ってしまっていたのだ。それは、椅子のまうしろに直立不動の姿勢で立っていた。それの丈はひどく小さかったから、おそらく洪水の季節に撮った写真ではなかったろう。

写真を、子供はたしかに何回も見たことがあった。見るたびに印象が変わるのが不思議だった。ある時は、祖父と祖母はひどくとげとげしくそっぽを向き合っているように見えた。またある時は、母親が今にも父親にしなだれかかってゆきそうな濃い情感をたたえているように見えた。またある時は、家族全員がたいそう親しげに見えたし、反対にひどく冷淡なばらばらの集まりに見えることもあった。

それのいる場所も、いつも違った。椅子に座っている父親の膝に乗っている時もあれば、祖父の隣にはみ出るようにして寄り添っている時もあれば、家族のうしろにまわって足のみが見えている時もあった。丈だけは同じで、当時まだ幼児だった子供よりもほんの少し高いくらい、大きな日本猿ほどである。

子供の家は、ついにある年の洪水で家財道具もろとも流された。更地になってしまったその場所に、洪水の翌日、子供と母親はぼんやりと佇《たたず》んだ。子供はすでに子供ではなくなっており、母親以外の家族もとうに亡くなるか去ったかしていた。母親と子供は、水の引いた後の濡《ぬ》れた地面から湧《わ》いてくる幾筋もの流れをたどっていった。木造の家の残骸が、どこの家とはわからぬ似たような残骸とまじり、山をなしていた。黄色いプラスチックのボウルが土に埋まっていた。傘がつき立っていた。どこから流れてきたのか、漁網と浮きガラスが積み重なり、水棲《すいせい》甲殻類が這っていた。アルバムが、よその家の庭に落ちていた。そこはすでに庭ではなく、元々あった家が押し流された後の、ただの草原だった。子供の家と似たような家族構成、似たような時代に過ごした家族のアルバムだった。子供の家とは違い、そのアルバムの中の家族には娘が二人いた。下の娘の卒業式らしき写真を最後に、アルバムは空白となっていた。

その家族にとって、アルバムの中の写真は、いったいどの時間をあらわすものなのか、子供はぼんやりと考えた。そもそもアルバムの中の家族の誰かが生きているとは限らなかった。十年前に全員が死んでいるかもしれなかったし、洪水で命を落とした可能性もあるし、あるいはまた家を流された子供と母親が茫然《ぼうぜん》自失したために見たまぼろしのアルバムであるという可能性すらあった。

家族のあの写真は、いったいどうしたのだろうと、アルバムを見ながら子供は考えた。それの手を握り、子供は少し泣いた。泣くと体が冷たくなった。母親の姿が曖昧《あいまい》になっていた。地面からあがる水蒸気のせいだ。子供は自分の家のあった場所まで帰った。裏庭にブリキの箱を埋めたことを思い出した。どのあたりが裏庭だったのか、よくわからなかった。家のなくなった地面は、狭かった。こんな狭いところに建っていたのかと子供は思った。箱を掘り出したのは何年前のことだったか。母親の姿が消えた。母親が死んだのもずいぶんと前のことだった。それの手は、暖かかった。それはおだやかに笑っていた。体育館に行ってカレーの炊き出しをもらおうと、子供は思った。

／ブリキの箱を掘り出したあとに子供が得た病は、すぐに癒《い》えた。病にふせっている間は、それがいつも隣に座っていた。それは薄く、はかなかった。三度の食事はそれが運んできた。子供の口に匙《さじ》をはこび、子供が飲み下すまで、それはゆっくりと待った。外を卵売りが通った。トラックに卵を積み、たまご、たまご、と拡声器で呼んでまわっていた。それは卵売りを呼びとめ、子供のために一ダース買った。それは粥に卵を落とし、綺麗《きれい》な黄色に染めた。余った卵は、すべてそれが飲みほした。

／それと一緒に夜道を歩いている時、子供は大きな女とすれちがった。女は挨拶《あいさつ》をした。子供は返した。そのまま子供は女に従った。三年ほど女の子供として育ち、ある日気がついて元の家に帰った。三年の間のことは、ほとんど何も覚えていなかった。

／ある夜呼ぶ者があるので耳をすますと、子供の母親が呼んでいるのだった。寝床に入ったまま返事をすると、子供の体が浮いた。仰臥《ぎょうが》したままタンスほどの高さのところをふらふらと漂ってゆき、縁側から庭先へと出た。見下ろすと、カヤツリグサが群れ生えていた。カヤツリグサが風に鳴った。死んだ母親の声は、死んだ者の声をしていた。そのまま漂ってゆくのかと思っていたが、そうはならず、子供はただ庭先に浮いているのだった。

それが来て、行くなと言った。ではこの漂っている身をまずまっすぐになおしてほしいと子供が頼むと、それは下駄をはいて庭に出てきた。裏庭に行き、ブリキの箱を埋めたあたりをそれは掘り返した。すでに箱は掘り出してある、何もない地面と思っていたら、母親のかんざしが埋まっていた。かんざしを二つに折り、それは急いで前庭に戻ってきた。ちょうど子供が墜落する直前に、それは子供にふわりとまつわりついた。それと子供は入りまじった。子供の血潮がかっと熱くなった。母親の気配のなくなった庭を、子供はそのまま駆け出し、夜の相手をさがしにいった。／夜の相手をさがし、子供は町を歩いた。舗装のはげたアスファルトの道に、赤い実が散っていた。子供は拾ってポケットに入れた。実はしばらくは水気をふくんで赤かったが、じきにしわしわになり黒ずんだ。ポケットから出したその実を、子供は部屋の床に散らばせた。

黒ずんでいる方が、血の色に似ている、赤いつややかなのは、ただの実にしか見えないと、それが言った。それは自分の肌を強くつねった。爪《つめ》をたてたので、血がにじんだ。つややかな赤い実と同じ色だった。血は、黒ずんでいないではないかと子供がつぶやくと、それは首をかしげた。

子供とそれは、自分の肌をつねって血を出す競争をした。しまいに腕じゅうがあざだらけになった。それの傷はすぐにふさがったが、子供の傷は一週間ほど残った。青かったあざは紫から黄色へと変わってゆき、しまいにようやく消えたが、子供はいつまでもあざのかたちを覚えていて、紙にさまざまなあざを描いては楽しんだ。

／すでに遠い昔のことなので、子供はもう何も覚えていない。それはすでに去っている。それがいた時には、それのことはありありと知覚できたのに、去ってしまった今は、それがほんとうにいたのだか不明となった。けれど、それとの思い出は子供の裡《うち》に多く残っている。

焦げくさいような匂いのする夕方になると、子供はうちわを持って涼みに出る。縁台に座ってうちわを使い、どこからか漂ってくる糸トンボを追う。糸トンボは、ツバメに食われる。ひゅうと風をきり、ツバメは円を描いて飛ぶ。食われても食われても、糸トンボはあとから湧いてくる。

洪水の日にそれがやってきた時の光景を、子供はありありと覚えている。それは形の定まらない、柔らかそうなものだった。それがそばにやってきたので、子供はそれに触れてみたのだ。それはきらきらと光った。さまざまな人生の瞬間に、それはきらきらと光った。

それの背中には羽根がはえていた。あまりきれいな羽根ではなく、猛禽類《もうきんるい》の羽根がすりきれて先がささくれたようなものだった。黒地に黄色い線が入っていた。いつもはたたみ、ときおりぶわりと広げた。勢いで、子供はよく吹き飛ばされた。

雨の降る日には、それは不安定になった。透明なものが幾ひらもそれにはりつき、湿気をしみこませた。重くなった体を、それは横たわらせ、子供をじっと見つめた。子供は足をすりあわせ、甘苦しい気持ちになった。庭の下生えは水に沈んでいた。飛び石がゆらめいて見えた。水は床に届くだろうと、それは言った。けれど水はじきに引いた。それのことを自分がどう感じていたのか、子供はもう思い出せない。子供はじきに死ぬだろう。すでに死んだか去ったかしている家族と、どこかで会えるだろうか。会えても会えなくてもいいと、子供は思う。もう洪水は起こらない。水路は整備され、水の流れは定まってしまったからだ。それは、橋を渡ってやって来、子供の家に入ると、大の字になって寝ころんだのだった。子供が死んだらその体は焼かずに、昔それがブリキの箱を埋めた裏庭に埋めてほしいと、役所に届け出てある。役所は届け出を受理した。ただし、墓掘り人夫への日当は、あらかじめ子供が用意するとの条件つきである。子供はかろうじて、日当を用意できた。

解説

辻原 登

『ファニー・ヒル』は私の酷愛の書の一つだが、現代イギリス書評名作選、と銘打った丸谷才一編著による『ロンドンで本を読む』（二〇〇一年 マガジンハウス）の中に、ブリジッド・ブローフィという女性作家による『ファニー・ヒル』の書評が収録されている。クレランドが『ファニー・ヒル』を書いたのは十八世紀半ばだった。書評は次のような文章で始まっている。

「わたしにとって、この世でもっとも魅惑にみちた主題は性《セックス》と十八世紀である」。

『ファニー・ヒル』を評するにこれは恰好《かっこう》の書き出しだろう。それにならって、

――私にとって、この世でもっとも魅惑にみちた主題は性愛《セックス》と川上弘美である。

川上弘美の小説技法を云々《うんぬん》するのは野暮だとしても、一応「マジックリアリズム」と呼ばれる手法をラテン・アメリカ小説に限定せず、カフカやブルーノ・シュルツらの作品を念頭において考えるなら、その手法を性愛の世界へ向けたとしたら、そこに

出現するのが川上弘美の作品である。同じ女性作家ならディネセンに比せようか。ディネセンと川上、双方の作品に言えるのは、熟しきった生の戦慄《せんりつ》と死の戦慄とが一つに溶け合って類稀《たぐいまれ》なる性愛のストーリーを形作っていることである。特に『七つのゴシック物語』の中の一つ「ノルデルナイの大洪水」と本書の最後に置かれた「mundus」。その技巧の洗練された魅力と、愛と性と死にまつわる不気味さは、甘苦しく熱くなめらかな夜の中を彷徨《さまよ》う風のように我々の心の中に吹き寄せる。性愛の謎《なぞ》の形象のうちに、生の謎全体が捉《とら》えられようとするのだが、それらは摑《つか》まえられそうになったとたん、するりと身をかわし、カタルシスもカタストロフィの機会も奪って、我々を夜の中に置き去りにする。だが、この置き去りの正体不明の感覚においてこそ、川上文学は光を放つのだ。

本書は、我々に施される冥府《めいふ》下りのレッスンと言ってもいい。冥府は生と死のはざまにある。エロス（性愛）とタナトス（死）のはざま。そこは、我々も生きたまま参入できる時空であり、死者もまた死者でありながら参入して、生者と交わることのできる世界である。

収められた五篇にはそれぞれ「aqua（水）」「terra（土）」「aer（空気）」「ignis（火）」「mundus（世界）」とラテン語のタイトルが付されている。

aquaには三人の少女が登場する。しかし、その一人は同じ町で、他の二人が生まれた年に行方不明になり、三ヵ月後に奥多摩の山林で全裸死体となって発見された。いたいけな少女の中で、生と死が交錯し、スパークする。二人の少女、水面《みなも》と汀《みぎわ》、姓も田中、背丈も体重もそっくり同じな二人は、二人の誕生を贖《あがな》うかのように凌辱《りょうじょく》され殺された少女の記憶を共有しつつ、互いに対極的な思春期へと踏み出してゆく。

「世界は大きくてあたしたちは小さすぎる」と汀は言う。

水面には父の不倫による母親の自殺未遂があり、汀には前世の記憶がある。幼い少女たちを襲う暴虐《ぼうぎゃく》はすさまじい。だが、それは余りにも静かで目に見えないため、我々には分からない。死体となって発見された時だけ、彼女たちがどれほど大きな世界の脅威に晒《さら》されているかを知るが、たちまち忘れてしまう。

汀の前世の記憶とは、ごく小さい頃、両親を亡《な》くして親戚《しんせき》に引き取られた彼女にとって、両親が生きていた頃のことだった。

水面は、両親はいるが、わたしには前世も未来もないと思い、そして激しく泣く。しかし、その涙は、殺された女の子のことを思って流されるのだ。大きすぎる世界の中で、小さすぎるわたしと死者を抱きしめて激しく泣く。

二人を待ちかまえているエロスとタナトスの試練のことを思うと、世界よ、彼女たちに寛大にと願わざるを得ないのだが、terraで、我々はその願いもむなしかったことを知る。

女子大生加賀美は信号無視の車にはねられて死んだ。彼女には身寄りがなかった。アパートの隣人で、肉体関係もあった同じ大学の沢田という男が彼女の骨壺《こつつぼ》を持って山形の菩提寺《ぼだいじ》へ向かう。彼に同行する〈わたし〉はやはり同じ大学に通う加賀美と同年（21歳）の女性。

エピソードの折り節にオペラのアリアのように女のつぶやきが挿入される。


紐《ひも》をかけたまま、わたしたちはかさなる。（……）あなたのうごきは激しい。あなたとまじわることは最初からこんなふうなものだと知っていたような気がする。知らなかったころは何も知らなかったのに。あなたのからだは熱い。


語っている女は誰なのか。〈あなた〉とは誰なのか。

地の文は、沢田に同行する〈わたし〉の語りで、〈わたし〉の名前は麻美、死んだ女の姓は加賀美。アリアの〈わたし〉を一応加賀美、〈あなた〉を沢田としておく。

麻美は貧血症で、いきなり世界が砂粒に変わって、しゃがみ込んでしまう。それは、体よりも先に何かが進んでしまって、その何かに体が追いつかない。それで貧血を起こす、と説明される。つまり、体から魂が抜け出すということだ。あくがれまどう魂に体が追いつこうとして追いつけない。アリアの〈わたし〉が左手首に紐を巻くのは、まさに魂結び、何とか魂と体を結びつけようという祈りの行為だ。

麻美と加賀美が接近する。〈わたし（麻美）〉は言う。「加賀美が死んだということを、人間が一人死んだのだということを、わたしはまだうまく理解できないでいる」。つまり、〈わたし（麻美）〉はまだ自分が死んだ加賀美であることを理解できないでいる。『変身』のグレゴール・ザムザはある朝、過労で突然死するのだが、彼の魂はまだそれを受け入れることができない。交通事故で突然死んだ〈わたし〉と地の文の〈わたし〉は、納骨によってterraに還《かえ》ることで融合し、魂鎮《たましず》めは終わる。

物語、と漢字で書くが、この単語は漢語にはない。和語である。正しくはモノ・カタリ。本来、モノとは目に見えないもののことである。モノに憑《つ》かれる、モノ忌《い》み、モノのけ、モノ憂《う》い、モノ悲しい……。死ぬと体から魂が抜けてゆく。それがモノだ。生きたままあくがれ出てゆくこともある。モノ狂い。そのモノがまだ慰められないで彷徨っているとしたら、還る場所を与えてやらなければならない。カタルとは、モノを形《カタ》あるものとすること。あるべき場所に還してやること。

加賀美という姓と麻美という名が結びつき、地の文の〈わたし〉とアリアの〈わたし〉が最後のページで一つに溶け合って、〈わたし〉は慰められるのだが、最後にモノが不満をつぶやくところが川上弘美らしい。

いつも叫んでいるような体だった。でももうなくなってしまった。もっとあなたとセックスをしたかった。

aer は性愛に妊娠が絡《から》む。腹の中のそれはしろものと呼ばれる。まだ形はない。この一篇を〈私〉から〈動物〉へ、〈動物〉から〈しろもの〉への変身譚《たん》として読む。あるいは、父親抜きの、今様のオイディプスとその母イオカステの物語としても。

ignis に描かれるのは、先の三篇よりもっと自由でかつ通俗的で、若年から老境までの長い時間をかけて、世知辛いこの世を流浪《るろう》するしおたれた男女の愛憎と性愛のドラマだが……。

狐《きつね》が血をすったあとの死んだ鶏は、ぞっとするほどきれいなんだ。肝や肉は食わない。血だけすう。

青木はうっとりと言った。鶏が静まってから、青木は手を伸ばしてきた。応《こた》えているうちに、わたしも激しくなっていった。


この二人が三十年間、一年に一度の割で歩く、地理上のどことも知れない茶畑の中の光る道はおそらく冥府へと通じている。犬のようなもの、モノの通り道だ。伊勢物語の男女もここを通る古今東西に引かれた道だ。現代のしがない男女でも、この道をみつけ、二人して歩けば、何だか彼らの生も光りはじめ、貴種流離の仲間ともなる。

五篇目、最後の mundus は川上弘美の真骨頂だ。

主人公は「子供」と呼ばれる。「子供」の一生を家族誌の中に描き出し、カフカ、シュルツ、ディネセン、コルタサル、マルケスでもなく、独特で、だが彼らのテーマとモチーフと論理を必らず一つは共有する一篇だ。

「子供」が三歳の時、それは豪雨とともに流されかかった橋を渡ってやってきた。以来、それは「子供」の家に住み付いたり、ふといなくなったりするが、つねに「子供」の関心はそれにあり、そのため「子供」はうわの空の人生を送ることになる。

豪雨と共に現われたそれは、マルケスの「大きな翼のある、ひどく年老いた男」の天使を思い起こさせるし（214ページに「それの背中には羽根がはえていた」とある）、家に居ついて、家族の気がかりの種になるという展開では、カフカの奇妙なショート・ショート「父の気がかり」のオドラデクという糸巻のような存在を髣髴《ほうふつ》させる。それと「子供」の合体・交合《セックス》の場面は圧巻。それは如何《いか》なる国からやってきたのか？

川上弘美の背後には、彼女自身、それとしか名付けようのない、西洋精神史の系譜から言えばＥｓ《エス》としか呼びようのない独自の神話世界が広がっている。そこでは数限りないモノがうごめきあい、語り部の呼び出しが掛かるのをいまかいまかと待っているようだ。

私は本作に、「浄土詩篇」という副題を付けてみたいという思いを禁じえない。浄土とは、とりもなおさず、曇りなき目で見られ、生きられたこの世のことなのであり、川上弘美のまなざし＝文体《スタイル》はそれを証明しているからだ。

（平成二十七年六月、作家）

この作品は平成二十五年二月、新潮社より刊行された。

なめらかで熱《あつ》くて甘苦《あまくる》しくて

新潮文庫　か－35－13

平成二十七年八月一日発行

著者　川《かわ》上《かみ》弘《ひろ》美《み》
発行者　佐藤隆信
発行所　株式会社新潮社
郵便番号　一六二―八七一一
東京都新宿区矢来町七一
電話　編集部(〇三)三二六六―五四四〇
読者係(〇三)三二六六―五一一一
http://www.shinchosha.co.jp

価格はカバーに表示してあります。

乱丁・落丁本は、ご面倒ですが小社読者係宛ご送付ください。送料小社負担にてお取替えいたします。

印刷・株式会社精興社　製本・株式会社植木製本所

ISBN978-4-10-129243-4　C0193